出世と恋愛

近代文学で読む男と女

斎藤美奈子

講談社現代新書
2709

序章――出世と恋愛は文学の二大テーマ

文学は大人になって読むほうがおもしろい

　自分は将来、どうなるのだろう。漠然とそんなことを考えはじめるのは一〇代の後半くらいからである。もうひとつ、若者たちの心を占領しているのは恋の悩みだ。ゆえに古今東西の文学も「出世と恋愛」を大きなテーマとして描いてきた。いわゆる青春小説や恋愛小説がそれに当たる。もしこの種の小説がなかったら、誰も青春の悩みにとらわれることはなく、しかし誰も恋愛なんかできなかっただろう。

　ただ日本の若者たちはみな、うじうじ、ぐだぐだ悩んでいる。若い頃には、それが本当に嫌だった。似たような印象を持っている読者も多いのではなかろうか。

　こうした文学作品は、大人になってから読んだほうが、じつはおもしろいのである。そこで描かれた悩みは、なべて身に覚えのある話だったり、どこかで見聞きしたことのある話だったりするし、深読みや裏読みもできるようになるからだ。そんなわけで本書では、大人になったあなたとともに、近代の青春小説と恋愛小説を読んでみたい。

青春小説の王道は「告白できない男たち」

最初にいっておくと、近代日本の青春小説はみんな同じだ。「みんな同じ」は誇張だが、そう錯覚しても仕方ないほど、似たような主人公の似たような悩みが描かれる。

①主人公は地方から上京してきた青年である。
②彼は都会的な女性に魅了される。
③しかし彼は何もできずに、結局ふられる。

以上が青春小説の黄金パターン。「告白できない男たち」の物語と呼んでおこう。

青春とは何か、というのは簡単には定義できない命題だけれど、前提として必要なのは「精神的な親離れ」だろう。経済的には自立していなくとも、親を「うっとうしい存在」と感じはじめたら、それはもう青春への入り口だ。家族より友達や仲間といっしょにいることを好み、場合によっては親が敵に思えてくる。したがって「上京」は、主人公を親からむりやり引き剝がす手段としては、優れたモチーフといえる。

青春期はしかし、自分の将来が見えていない不安な時期だ。それでも彼は徐々に自分の世界を見つけ、人によっては「これで身を立てたい」と考えはじめる。

そうこうしているうちに主人公には好きな人ができる。恋愛という要素が加われば、もはや完璧に青春である。青春小説を青春小説たらしめているのは恋愛だとさえいえる。

しかし彼は必ず挫折し、失恋する。将来への展望は開けてこないし、恋愛も上手くいかない。当たり前である。一〇代や二〇代で、そんなに簡単に、夢が実現したり恋が成就したりしてたまるか、だ。

恋愛小説の王道は「死に急ぐ女たち」

とはいえ、恋愛が成就するケースがないわけではない。片思いから一歩前進、彼女の心を射止める第一関門を突破したのであるから、恋愛の勝者である。

ところが、近代日本の恋愛小説も、じつはみんな同じなのだ。

いや、「みんな同じ」は誇張である。誇張だが、そういわずにはいられないほど、こっちはこっちで黄金の物語パターンが存在するのである。
①主人公には相思相愛の人がいる。
②しかし二人の仲は何らかの理由でこじれる。
③そして、彼女は若くして死ぬ。

たまに恋愛らしい恋愛に発展すると、どういうわけか彼女は死ぬのだ。いいかえれば、恋愛に踏み込んだ女は、作者の手で「殺される」のである。

ここでは「死に急ぐ女たち」の物語と呼んでおこう。

二人の仲がこじれる理由はいろいろである。この時代、そもそも自由恋愛はご法度だった。結婚相手は親が決めるもので、好きな人と結ばれるケースは多くなかった（恋愛結婚の比率が見合い結婚を上回るのは、戦後の高度経済成長期である）。なので、どっちみち愛し合う二人の前には、さまざまな壁が立ちはだかる。親の介入はその最たるものだろう。心ない周囲の目も強敵である。ライバルの登場、どちらかの心変わりや裏切り、誤解による気持ちのすれちがい、あるいは病魔。二人の仲を引き裂こうとする罠は、方々に仕掛けられている。

それをひとつひとつ乗り越えていくのが恋愛小説の醍醐味《だいごみ》ともいえるのだが、なぜだか日本文学の恋愛はゴールに到達することなく、女性の死で終わるのである。

なぜ彼女は死ななければならなかったのか。いまのところ理由は謎だ。もしかして日本の作家は、恋愛を、あるいは大人の女を書く力がないのかも、と私は少し疑っている。書く能力がなければ、ひと思いに消えてもらうのがいちばんだ。

それはそれとして、この種の小説にはベストセラーになり、映画や演劇に転用されて普及した作品が多い。大衆が悲恋を好むのは、近世の近松浄瑠璃（『曽根崎心中』とか『心中天網島』とか）の時代から、どうやら不変の法則であるらしい。

男子校文化が元凶だった!?

しょせんは小説の話である。が、近代文学は、その国の精神文化に、あるいは個人の生き方に、思いのほか深い影を落としている可能性がある。

日本の男性は、概して恋愛が下手である。恋愛に限らず、学校でも職場でも家庭でも、女性との（とあえて限定するが）人間関係の築き方が上手とはいいがたい。「女性を前にするとドギマギして、どう接していいかわからない」という人は少なくないし、セクハラや性暴力が問題視されて以降、警戒心を抱いている人もいるだろう。明治大正の青年たちはそんな面倒なことは考えなかった。考えなかったが、恋愛には挫折した。

なぜこんなことになったのか。

考えられる理由のひとつは生まれ育った環境である。近代の日本は男女別学の歴史が長かった。とりわけ明治・大正・昭和戦前期のエリートは、多感な青年時代を男子校（旧制中学・旧制高校・大学）に代表されるホモソーシャルな空間ですごした。

「ホモソーシャル」とは、アメリカのジェンダー論研究者・イヴ・セジウィックが提出した概念で、女性と同性愛者を除いた男性だけ、あるいは男性が圧倒的多数を占める空間での「男同士の強い結び付き」を指す（『男同士の絆』一九八五年）。もう少しラフな言葉を使えば、ボーイズクラブ。こういう単色の空間に少年時代からひたっていたら、多様な人間関係を経験できず、コミュニケーション能力を磨くのは難しい。

戦後、日本の学校は原則的に男女共学になったけれども、ホモソーシャルな空間は存続した。部活もそう、組合などの団体もそう、官僚組織、企業、そして議会。すべて（かつて、あるいは現在でも）ホモソーシャルな空間である。

戦前戦後の文壇も例外ではなかった。近代の作家の多くは男子校文化の中で育った知的エリートだし、小説の主人公も圧倒的に男性が多い。

作家は経験などに頼らずとも、想像力でどんな世界でも描ける人たちだと私は思っているし、敬愛もしているけれど、そうはいっても生まれ育った環境から一〇〇パーセント自由になるのは簡単ではない。結果、主人公は妄想を膨らませたあげく、最後はふられて打ちのめされる。たまに恋が実っても、彼女は（作者の手で）殺されて恋は終わる。

それは二葉亭四迷『浮雲』からはじまった

本論に入る前に、近代文学の祖とされる作品を見ておきたい。言文一致体で書かれた初の小説、二葉亭四迷《ふたばていしめい》『浮雲』（一八八七＝明治二〇年）である。
この小説は、先にあげた青春小説の黄金パターンを最初に提出した作品でもあった。
ストーリーをざっと紹介しておくと……。
①主人公は地方から上京してきた青年。
主人公の内海文三《うつみぶんぞう》は数えで二三歳。某省に勤める官吏である。一四歳で父を亡くして静岡から上京し、叔父の下で学業を修めた後に就職、今は叔父宅の二階に下宿している。
②彼は都会的な女性に魅了される。
文三には仲のいい女の子がいた。同じ家に住む叔父の娘、文三には従妹にあたる一八歳のお勢《せい》である。お勢はいいたいことをポンポンいう快活な娘で、そのままいけば結婚にまでたどりつけそうだった。ところが、その文三が役所を免職になってしまう。
③そして彼は何もできずに、結局ふられる。
文三の免職は、お勢との仲にも影響した。途端に叔母は冷たくなり、娘にも文三の部屋には行くなといいだした。加えてライバルが現れる。文三の元同僚・本田昇《のぼる》である。出世欲が強く如才ない本田は叔母にも取り入って、お勢はまんざらでもないらしい。怒り心頭の文三は本田に打診された復職の話も断り、自室に引きこもってしまう。

ここで『浮雲』は未完のまま終わる。

近代文学の祖というわりに、意外とチンケな物語である。

とはいえ、チンケな物語だからこそ、『浮雲』は文学史に名を残したのだともいえる。悶々と思い悩む青年の心の中を描くには「話すように書く」ことが必要だった。旧来の仰々しい文語体には限界があったのだ。内海文三のようにうじうじと悩む青年、そして『浮雲』が提出した物語の型は、この後もさまざまな形で変奏されることになる。

本書では、1章・2章で近代の青春小説（告白できない男たちの物語）を、3章・4章で近代の恋愛小説（死に急ぐ女たちの物語）を取り上げる。

自分には一生関係ないと思っていた古い文学作品が、今日の精神風土とも意外と地続きだったことが、きっとわかってもらえるにちがいない。

目次

第2章　大正ボーイの迷走

第１章　明治青年が見た夢

小川三四郎の純情——夏目漱石『三四郎』（一九〇八＝明治四一年）

上京という人生の分岐点

地元の高校を卒業して、東京の大学に進学し、卒業後もUターンせず、そのまま東京に残って就職する。現在でもわりとよくあるライフコースだ。

この種の「上京青年」が出現したのは明治の初期。封建時代の身分制度にかわって、学歴が将来の社会的な階層を左右するシステムになったためだ。

これが明治の立身出世主義である。

立身出世を後押しした書物として有名なのが、福沢諭吉『学問のすゝめ』（一八七二＝明治五年）と中村正直《まさなお》が訳した『西国立志編《さいごくりっしへん》』（一八七一＝明治四年）である。

『学問のすゝめ』は〈「天は人の上に人を造らず人の下に人を造らず」と言えり〉からはじまるので、「人類はみな平等」と説いているように見えるけれども、それは大きな誤解である。この後、諭吉は〈賢人と愚人との別は学ぶと学ばざるとによりてできるものなり〉と続けている。出世したけりゃ勉学に励めって話である。

一方、『西国立志編』は、サミュエル・スマイルズ『セルフ・ヘルプ（自助論）』の翻訳で「天は自ら助くるものを助く」を思想的根幹とする。クラーク博士の「ボーイズ・ビー・アンビシャス」も同類の標語といえるだろう。

かくて上昇志向に火を付けられた親たちの教育熱が沸騰し、旧士族を中心とした「いい家の子」は、こぞって上の学校を目指し、上京した。

実際、たとえば文部省唱歌「故郷《ふるさと》」（作詞・高野辰之）は、「兎《うさぎ》追いしかの山」や「小鮒《こぶな》釣りしかの川」のある田舎暮らしを愛でる歌のように聞こえるけれど、「こころざしをはたして、いつの日にか帰らん」と三番で歌われているように、じつは上京青年が遠い故郷を思った歌だ。国定教科書に「故郷」が載ったのは一九一四（大正三）年。二〇世紀の初頭には、上京という行動パターンが定着していたことがわかる。

大学よりもおもしろい場所

そんな上京組の若者を描いた青春小説のプロトタイプ（原型）からはじめたい。

夏目漱石『三四郎』（一九〇八＝明治四一年）である。

『坊っちゃん』でも『こころ』でもなく『三四郎』なのは、立身出世を夢見て上京してきた明治の典型的な青年像、序章で申し上げた青春小説の黄金パターン「告白できない男たち」の物語をきれいになぞっているからだ。

主人公の小川三四郎は数えで二三歳（満年齢なら二一〜二二歳）。福岡県の郡部で生まれ、熊本の旧制高校（第五高等学校）を卒業し、大学（東京帝国大学）に入るために上京してきた若者だ。帝大に入れるのだからもちろん成績は優秀で、父はすでに他界しているも、家にも息子を大学に進学させられる程度の経済力はある。郷里には母が結婚相手にどうかと手紙に書いてきた「三輪田のお光さん」という女性もいる。

とはいえ彼の目はもう、上京後しか見ていない。〈これから東京に行く。大学にはいる。有名な学者に接触する。趣味品性の具《そなわ》った学生と交際する。図書館で研究をする。著作をやる。世間で喝采する。母がうれしがる〉。これが彼がぼんやり考える未来像だった。田舎の秀才らしい「よろしおまんな」な未来像である。

ところが、いざ大学に入ってみると、そこは彼が思っていたような場所ではなかった。しばらく講義に出てみたが、ちっともおもしろくない。

やがて同級生の佐々木与次郎に誘われて、彼は広田先生（じつは三四郎は東京に向かう列車の中で先生と会っているのだが）と呼ばれる不思議な人物のもとに出入りするようになる。広田先生の家は、田舎の秀才だった三四郎がいままで知らなかったタイプの人間が集う一種のたまり場、知的サロンのような場所だった。

メンバーは、高等学校の英語教師だが、シニカルでどこか世捨て人のような広田先生。三四郎と同郷の先輩で、理科大学の研究職にある野々宮宗八。その妹の野々宮よし子。学生だてらに雑誌社に出入りし、ライターまがいのバイトをしている、くだんの与次郎。そして後に三四郎を振り回すことになる女性・里見美禰子《みねこ》。ちなみに全員独身だ。

早くも大学から半分ドロップアウトした三四郎。『三四郎』は、このサロンでの会話や、その界隈で起こるよしなしごとが物語のすべてといってもいいような小説なのだ。

都会で知った「三つの世界」

世間知らずの田舎者でも、三四郎にも帝大に入れるくらいの頭脳はある。

上京したことで、自分の周りには〈三つの世界ができた〉と寝床の中で彼は考える。

第一の世界は母やお光が住む遠い故郷だ。

〈明治十五年以前の香《か》がする。すべてが平穏である代りにすべてが寝ぼけている。もっとも帰るに世話はいらない。もどろうとすれば、すぐにもどれる。ただいざとならない以上はもどる気がしない。いわば立退場《たちのきば》のようなものである〉

三四郎にとって、故郷はすでに「捨ててきた過去」なのだ。

第二の世界は学者あるいは知識人の世界である。

〈苔のはえた煉瓦造りがある。（略）向こうの人の顔がよくわからないほどに広い閲覧室がある。梯子《はしご》をかけなければ、手の届きかねるまで高く積み重ねた書物がある〉。ここの住人は〈服装《なり》は必ずきたない。生計《くらし》はきっと貧乏である〉。〈広田先生はこの内にいる。野々宮君もこの内にいる。三四郎はこの内の空気をほぼ解し得た所にいる〉

そこは彼が東京ではじめて知った世界である。ここに未来があるとも思えぬが、さりとて〈せっかく解しかけた趣味を思い切って捨てるのも残念だ〉。とりあえず居場所としては悪くない。そのくらいの認識だが、三四郎には大切な居場所だった。

問題は第三の世界である。そこは次のように描写される。

〈燦《さん》として春のごとく盪《うご》いている。電燈がある。銀匙《ぎんさじ》がある。歓声がある。笑語《しょうご》がある。泡立つシャンパンの杯がある。そうしてすべての上の冠として美しい女性《にょしょう》がある〉

華やかな都会の文化、恋愛の誘惑に満ちたキラキラした世界。そこは美禰子の住む世界でもある。恐ろしく魅力的だが、三四郎にとっては未知の領域である。ゆえに〈この世界は鼻の先にある。ただ近づきがたい〉のだ。

捨ててきた故郷、新しく知った知識人の世界、そして未知なる恋愛への憧れ。田舎から出てきた世間知らずの上京青年の世界観がよく表れている。

『三四郎』が青春小説のプロトタイプだと述べたのは、こんな形で主人公の世界観が簡潔に説明されているからだ。そして『三四郎』は、このような田舎出の青年が、未知なる第三の世界に足を踏み入れようとして失敗し、鼻っ柱をへし折られる物語なのだ。

三四郎と美禰子、その出会いから破局まで

で、ようやく問題の女性、美禰子である。両親を早くに亡くした美禰子は、兄の恭助と二人暮らし。この兄が広田先生や野々宮と友人だったことから、彼女はサロンの一角に加わっている。英語を解す才媛で、(三四郎的には) 美貌の持ち主である。

以下、三四郎と美禰子の関係をざっと見ておこう。

①衝撃の出会い

彼女を三四郎がはじめて目にしたのは、上京してまもなくの暑い夏の日であった。大学のキャンパスの、池(現在「三四郎池」と呼ばれている池である)のほとりで、丘の上にいる看護婦らしき女と二人連れの若い女を彼は見るのだ。

彼女は夕陽を避けるように団扇《うちわ》をかざしていた。やがて手にした白い花の匂いを嗅ぎながら二人はこちらに向かって歩いてきた。そして三四郎の前を通り過ぎるとき、〈若いほうが今までかいでいた白い花を三四郎の前へ落として行った〉。

これ見よがしに花を落として去った女。こんなことをされたら意識するなというほうが無理な話だ。〈矛盾だ〉と彼はつぶやく。衝撃の出会いだったといえるだろう。

三四郎が彼女の名前を知るのは、広田先生の引っ越しの手伝いに行った日である。同じく手伝いに来た美禰子に名刺をもらった三四郎。池の女だとわかった彼は〈あなたにはお目にかかりましたな〉といってみるが、美禰子は反応しない。

それでも一緒に掃除をするうち、二人はだいぶ親しくなる。

②急接近

そして二人が急接近する日が訪れる。サロンのメンバーで団子坂の菊人形を見に出かけた日のことである。美禰子は野々宮と言い争いをするなど最初から不機嫌だったが、ひとりで帰りかけた美禰子を三四郎が追うと彼女はいった。〈もう出ましょう〉〈私心持ちが悪くって……〉。かくて二人は他のメンバー（広田先生、野々宮、よし子）と別行動に及ぶのだ。集団を二人で抜け出す。恋愛関係に進む際の常道である。

三四郎は野暮天なので、広田先生や野々宮はさぞ自分たちを探しただろうといいだすが、美禰子は冷淡にいった。〈なに大丈夫よ。大きな迷子ですもの〉

そして突如、意味不明なことを口にするのだ。〈迷子の英訳を知っていらしって〉

〈迷える《ストレイ》子《シープ》——わかって？〉。さらに、もっと意味深な一言の追い打ち。

〈私そんなに生意気に見えますか〉

美禰子はどこまでもミステリアスで、田舎の秀才はどう対処してよいのかわからない。

三四郎が恋に落ちた瞬間があったとしたら、たぶんこの時だろう。

実際、この日を境に、美禰子は思わせぶりな行動をとりはじめる。ストレイシープを意味するらしい二頭の羊の絵を添えた葉書を送ってきたり、〈あなたは未だこの間の絵はがきの返事を下さらないのね〉と問うてみたり、招待券が二枚あるから絵画展に行こうと誘い、会場で出くわした野々宮の前で〈似合うでしょう〉といってみたり。

いったい美禰子は自分を好きなのか否か。もはや三四郎の頭は美禰子でいっぱいだ。

③破局に至る道

そんな折り、三四郎には美禰子に会う口実ができる。口実を作ってやったのは与次郎だった。三四郎が貸してやった金を、与次郎は競馬ですってしまったのである。その金を美禰子が用立ててくれるという。〈よく考えてみろ、おれが金を返さなければこそ、君が美禰子さんから金を借りることができたんだろう〉
与次郎は見抜いていた。〈君、あの女を愛しているんだろう〉〈あの女は君にほれているのか〉。三四郎は〈よくわからない〉としか答えられない。

万事において煮え切らなかった三四郎が、ついに行動を起こすのは、小説も終盤にさしかかった頃である。金を返すという名目で、三四郎は美禰子に会いに行くのだ。

はたして美禰子は絵のモデルとして、画家の原口のアトリエにいた。

帰り道、なぜここに来たのかと問う美禰子。

〈三四郎はこの瞬間を捕えた。／「あなたに会いに行ったんです」／三四郎はこれで言えるだけの事をことごとく言ったつもりである〉。美禰子は動じない。三四郎はさらに追い打ちをかける。〈ただ、あなたに会いたいから行ったのです〉

「好きだ」といったわけではないものの、三四郎、これでも一世一代の告白である。

しかし、美禰子はかすかなため息をもらしただけだった。彼の告白はスルーされ、この後、三四郎は美禰子から婚約者らしき人物を紹介される。そして結局、美禰子は彼らが知らぬ相手と結婚し、広田サロンを去っていくのだ。〈我はわが愆《とが》を知る。わが罪は常にわが前にあり〉という謎めいた言葉を残して。

美禰子は謎めいた女性なのか

『三四郎』は年長らしき語り手（ちなみに執筆時、漱石は四一歳だった）が、「今時の若者」を批評をまじえて観察するかたちで書かれている。

三四郎の心の中は代弁されるが、この子はそもそも自分の感情を言語化する能力が低いので、すべて茫洋としているし、美禰子に至っては三四郎の目を通して外形的な言動が語られるだけ。心の内はまったくわからない。漱石は美禰子を「無意識の偽善者（アンコンシャス・ヒポクリット）」と呼んでいる。

ゆえに従来、美禰子は謎めいた不可解な女性として、あるいは三四郎にも野々宮にもコケットリーを振りまく気の多い女として語られてきた。

でもそれは、あまりに三四郎に同化した読み方というべきだろう。

彼女には彼女の行動原理がある。美禰子の側から『三四郎』を読むと、不思議でもなんでもない、いたってわかりやすい別の物語が浮かび上がる。

美禰子の気持ちは一貫して野々宮に向いており、三四郎のことなど最初から眼中になかったのだ。テキストを丁寧に読めば容易にわかることである。三四郎が美禰子との関係で一喜一憂している裏では、美禰子と野々宮の別のドラマが進行していたのである。

美禰子の行動の謎を解く

①衝撃の出会い→恋の進展

まず池のほとりでの一件。三四郎には「出会いの日」だが、美禰子にとってはどうか。

美禰子が花を落として去った直後、三四郎は野々宮に〈君まだ居たんですか〉と呼び掛けられている。同日同時刻、美禰子と野々宮は同じ場所にいたのである。

しかも野々宮のポケットからは〈女の手蹟《しゅせき》らしい〉文字で書かれた封筒がはみだしている（この筆跡は後に美禰子の筆跡と似ているとも記されている）。手紙は三四郎とすれちがう前、美禰子が手渡したものと考えるのが自然だろう。

この後、三四郎と連れだって野々宮は街を歩くが、その途中、野々宮は〈あすこでちょいと買物をしますからね〉といって小間物屋に入り、〈蟬の羽根のようなリボン〉を買う。後日、このリボンが美禰子の髪に結ばれているのを三四郎は見る。

つまりこの日、美禰子と野々宮の間には「何か」があったのだ。恋が一歩進展したか、もしくは美禰子の機嫌を取る必要に野々宮が迫られたか。どちらにしても、美禰子と野々宮の関係は、三四郎のはるか先に進んでいたと見るべきだろう。

②急接近→恋のこじれ

菊人形展での行動はどうか。三四郎にとっては美禰子との距離が急激に縮まった出来事だが、美禰子の行動モチベーションはちがう。

人形展に出かける前、美禰子は野々宮と言い争っていた。〈そんな事をすれば、地面の上へ落ちて死ぬばかりだ〉という野々宮に、〈死んでも、そのほうがいいと思います〉と美禰子は反論する。〈空中飛行機〉についての話だと野々宮はごまかすが、想像するに、二人は男女の仲、ないし自分たちの将来について話していたのではないか。「危険は冒さず堅実に行くべきだ」と主張する野々宮と「死んでもいいから大胆に飛びたい」と望む美禰子。二人の関係はこじれている。

だとすれば、美禰子が人形展から抜けるのは「頭に来たからもう帰る」という意思表示だろう。そこに三四郎を巻きこむのは、野々宮の嫉妬を煽る「あてつけ」だ。〈私そんなに生意気に見えますか〉は野々宮に「生意気だ」といわれたせい。三四郎を惑わせるその後の思わせぶりな態度も、野々宮に対する腹いせか挑発と解釈できる。

「迷　子《ストレイ　シープ》」は美禰子自身の迷いを示した語だとしても、ハガキに二匹の羊を描いてきたからといって〈その一匹にあんに自分に見立ててくれた〉（だから美禰子は自分が好きだ）と三四郎式に解釈するのは、おめでたすぎる。

三四郎が美禰子で頭がいっぱいだったように、美禰子は野々宮で頭がいっぱいだった。少なくともそう考えれば、すべての辻褄は合う。三四郎は二人の恋のダシにされたのだ。

③破局への道→美禰子の失恋

ここまでいえば、美禰子が兄の友人だという、金持ちそうな男と結婚する結末にも得心がゆく。自分の思うようにならない野々宮に、美禰子は業を煮やすか絶望し、あえて広田サロンのメンバーとは正反対のタイプの男を選んだ。自暴自棄婚である。

そんな美禰子にしてみれば、突然「ただ、あなたに会いたいから行ったのです」と三四郎に告白されたところで「何をトンチンカンな」だろう。

三四郎は二番手男子だった!?

こうしてみると、三四郎と美禰子の行動は最初からズレていた。美禰子の気持ちが野々宮に向いている以上、どうがんばっても三四郎に勝ち目はなかったのだ。別言すると、三四郎は恋愛のとば口にさえ、じつは立てていないのである。

であるにしても、美禰子は三四郎を少しは好きだったのではないか。ここは議論の分かれるところで、読書会などで『三四郎』を取り上げると、意見は真っ二つに割れる。男性読者の多くは「好きじゃなければこんな行動はとらない」といい、女性読者の多くは「なんとも思っていないから気軽に誘えるのだ」という。

「好きだった」説の重要な根拠は、美禰子をモデルにした原口の絵である。それは三四郎が美禰子とはじめて出会った夏の日の姿（同じ衣装で同じように団扇をかざした）を写し取ったものだった。美禰子がその構図をリクエストしたのである。三四郎との思い出を封じ込めた絵（だから三四郎が好きだった）、と考えることも可能だけれど、美禰子にとって、その日は野々宮との別の思い出の日だったことを思い出すべきだろう。

物語はこの絵を展示した、原口の展覧会に一行が訪れる場面で終わる。絵の題名は「森の女」。三四郎は「迷羊《ストレイシープ》」「迷羊《ストレイシープ》」とつぶやくが、一方の野々宮は、ポケットから出てきた美禰子の結婚式の招待状を〈引きちぎって床の上に棄てた〉。

しいていえば、本人が気づいていないだけで、三四郎は今日のラブコメ（少女漫画や学園ドラマ）でいう「二番手男子」に近い。ヒロインを一途に思っているのに報われない。本命には絶対かなわず、友達以上にはなれない存在のことである。

美禰子と野々宮の間に何があったか、テキストは明言しない。けれど野々宮が美禰子の結婚を祝福していないのは明らかだろう。激怒しているとさえいえる。おそらく二人の間には、三四郎があずかり知れない、もっと切実でもっと大人なドラマがあったのだ。

広田サロンでの美禰子の評価

野々宮のモデルは物理学者の寺田寅彦、美禰子のモデルは平塚らいてうだといわれている。それ自体はあまり重要なポイントではないが、当時の平塚明《はる》（らいてう）は、女性解放運動の担い手でもなんでもない、漱石の門下生・森田草平と心中未遂事件を起こしたスキャンダルの主だった。この事件（煤煙事件ないし塩原事件）が一九〇八年三月で、朝日新聞紙上で『三四郎』の連載がはじまったのは同じ年の九月である。

森田草平はこの体験をもとに小説『煤煙』を書き、三年後、平塚明は平塚らいてう名で「青鞜《せいとう》」を創刊するのだが、漱石がモデルにしたのは事件当時の、二二歳の、世間から呆れられ、非難される令嬢としての平塚明だったことを銘記すべきだろう。

広田サロンの中で、美禰子はどう見られていたのだろう。じつのところ、サロンの中で美禰子にのぼせていたのは三四郎だけだった。

広田先生は〈イプセンの女は露骨だが、あの女は心《しん》が乱暴だ〉と評している（イプセンの女とは『人形の家』の主人公ノラのこと？）。与次郎は〈現代の女性はみんな乱暴に決まっている〉といい、画家の原口は〈あの女は自分の行きたい所でなくっちゃ行きっこない〉〈まったく西洋流だね〉と述べている。唯一美禰子と恋愛関係にあった（たぶん）野々宮でさえ、彼女を〈生意気〉だと評している（たぶん）。

変にアイドル然としていないのが彼女の美質とはいえ、広田サロンの男たちは美禰子の自我の強さを認めつつ、それを評価してはいないのだ。

ホモソーシャルな空間にはミソジニー（女性蔑視）が介在するといわれる。広田サロンも要はホモソーシャルなボーイズクラブで、サロンの秩序を乱す可能性を秘めた美禰子のような女性は異物である。「死んでもいいから飛びたい」と考える美禰子の「心の乱暴さ」

に、知的レベルは高くても、女性観においては守旧派の、広田サロンの面々はついていけなかったということだろう。

不幸のはじまりは高望みの恋

モデルは平塚らいてうでも、美禰子は「青鞜」が広めた「新しい女」になれそうでなれなかった女性である。広田サロンはボーイズクラブだが、美禰子もよし子もそこに寄生しているだけで、結婚以外の将来像は描けていなかった。

そこその財産があり、両親がいないのだから、美禰子は自由に生きようと思えば、もっと自由に生きられたはずである。しかし彼女はそうしなかった。結果的に広田サロンは結婚までのモラトリアム、青春の思い出の場で終わる。

それでも三四郎は美禰子に強烈に惹かれていくのである。これは彼が新しいタイプの青年だったことを意味している。「結婚するならよし子だろう」という広田サロンの男たちの共通認識に反して、三四郎は「心が乱暴」な女性に惹かれるのだ。

ここが三四郎たち新時代の青年（＝青春小説の主人公たち）の感受性の新しさであり、同時に不幸のはじまりだった。

与次郎は〈馬鹿だなあ、あんな女を思って。思ったって仕方が無いよ〉と三四郎に釘を刺す。〈二十《はたち》前後の同じ年の男女を二人並べてみろ。女の方が万事上手《うわて》だあね。男は馬鹿にされるばかりだ。女だって、自分の軽蔑する男の所へ嫁へ行く気は出ないやね〉〈美禰子さんはそれよりずっと偉い。(略)君だのぼくだのは、あの女の夫になる資格はないんだよ〉初手《しょて》から負けが決まっている相手に恋をする。挫折への道である。

明治の立身出世主義は、日露戦争後のこの時代、じつは崩壊しはじめていた。三四郎は古典的な立身出世を漠然と思い描いて上京したが、彼が東京で見たのは、広田先生ら知識人が出世コースから切り離された姿だった。与次郎が出版だ演芸会だと動き回っているのは、時代の流れを敏感に感じとっていたせいかもしれない。

三四郎に与次郎のような行動力はない。広田先生や野々宮のような学識もない。好きな人の前でもオロオロするだけで、しかも初手から蚊帳《かや》の外だった。

かくて三四郎と美禰子の関係は「恋愛未満」で終わるのである。

小泉純一の傲慢——森鷗外『青年』(一九一〇＝明治四三年)

立身出世から「成功」へ

身分制度から学歴社会になって、明治の社会は変わった。しかし、立身出世主義は明治中〜後期になって急激な変容をとげる。産業社会が到来し、地位や名誉以上に功利主義が意味をもつようになったためだ。進学率の上昇で中学卒業生が激増するも、高校や大学の数は限られている。一方で、銀行や商社などの民間企業も採用の条件に「大学卒」を掲げるところが増える。受験勉強を続けたところで将来が保証されているわけではない。

立身出世に代わる新しいキーワードは「成功」だった。

三四郎がぼんやりと思い描く〈これから東京に行く。大学にはいる。有名な学者に接触する。趣味品性の具《そなわ》った学生と交際する。図書館で研究をする。著作をやる。世間で喝采する。母がうれしがる〉という未来像は「大学に行きさえすれば」という旧来の立身出世主義をひきずっていると同時に、世俗的な「成功」のイメージが混入している。

こういう世の中になれば、学歴なんかに頼らず、自力で「成功」を目指す若者たちも出てくる。今に見てろよ、都会で一旗揚げてやる！　というやつである。上京のモチベーションも多様化し、「なんとなく上京組」も出てくる。若者たちの将来像は混沌としていた。

田舎者に見られたくない

そこでこの作品、森鷗外『青年』（一九一〇＝明治四三年）である。

若者を描いた鷗外作品としては、自身の体験をもとにした『舞姫』のほうが有名だ。二葉亭四迷『浮雲』と並んで近代文学の幕を開けたとされる記念碑的な作品でもある。だが『舞姫』はドイツ留学をした官吏の話で、主人公の太田豊太郎は並外れたエリートである（留学先で踊り子と恋仲になって妊娠させるのはまるでエリートらしくないが）。

『青年』の主人公はそこまで並外れた人物ではない。時代や設定が似ているため、鷗外版の『三四郎』ともいわれている作品である。

主人公の小泉純一は、Y県（山口県）から上京したばかりの若者である。年齢は二〇歳を超えたかどうか。三四郎とちがい、彼は超のつく見栄っ張りである。

物語は純一が東京に着いた朝からはじまるが、彼が最初に意識したのは、自分が話す言葉のことだった。新橋の停留場を降り、上野で乗り換え、本郷三丁目で降りて、目的地である根津の下宿屋に着くと、女中が雑巾掛けをしていた。

〈どなたの所へいらっしゃるの〉と問われた純一は答える。〈大石さんにお目に掛りたいのだが〉。台詞はたったこれだけだが、語り手は意地悪く論評する。〈田舎から出て来た純一は、小説で読み覚えた東京詞《ことば》を使うのである。丁度不慣れな外国語を使うように、一語一語考えて見て口に出すのである〉

そういわれて気づいたが、じゃあ三四郎はどうだったのだろう。福岡で生まれて熊本の高校を出た三四郎は九州弁を気にしていた気配もないし、九州弁を使ってもいなかった。これは山口県で育った鷗外と、東京育ちの漱石の差だろうか。

ともあれ、純一は東京言葉を無難にこなして第一関門を突破した。ファッション的には、書生風の出で立ちだが、帽子から袴、足袋まで、何もかもが新品で、自分では〈昨夕《ゆうべ》始めて新橋に着いた田舎者とは誰にも見えない〉と思っている。意気軒昂である。

目指すは小説家としての成功

純一と三四郎のちがいは、純一が進学のために上京してきたわけではない点だ。

彼の希望は小説家として成功することであった。地元中学の同級生には高校から大学に進んだ者も、美術学校に入った者も、就職先を得た者もいたが、彼はどの道も選ばず、中学を出た後、国元で宣教師にフランス語を習ったりしていたのである。

国元にとどまったのは〈自信があり抱負があっての事であった〉。〈学士や博士になることは余り希望しない。世間にこれぞと云って、為《し》て見たい職業もない。家には今のように支配人任せにしていても、一族が楽に暮らして行かれるだけの財産がある。そこで親類の異議のうるさいのを排して創作家になりたいと決心したのであった〉

進学も就職もせず、創作の道を目指す。こういう人はバイトで食いつなぐのが一般的だが、家は資産家なので、その必要もない。けっこうなご身分である。

彼が過剰な自信を持つに至った理由はもうひとつあった。容姿である。

どこへ行っても純一を見ると女性がざわつく。純一は女という女がみな、目を向けずにいられないような美青年なのだ。当人もそれを知っていて〈己は単に自分の美貌を意識したばかりではない。己は次第にそれを利用するようになった〉。

学歴では帝大生の三四郎に中学校卒の純一は及ばない。だが、彼が「持てる者」なのは疑いようもない。頭脳明晰、語学堪能、家は資産家、しかも美青年！

足りないものがあるとすれば、ハングリー精神だろう。

事実、小説家になりたいと口ではいいつつ、彼が書いているのは日記程度で、原稿用紙を前にしても何も出てこない。人生を舐めているというより投げているのかもしれない。すべてにおいて恵まれている純一は、虚無的な青年なのだ。

純一にとっての「三つの世界」

三四郎が考案した「三つの世界」を純一に当てはめれば、このようになろう。

第一の世界はもちろんY県の実家である。

故郷を出て上京した以上、純一にとってもそこは「過去の世界」である。ただ、帝大生という身分の三四郎とちがい、純一はただの無職。後ろ盾はY県の実家だけだ。しかもY県（山口県）は明治維新を担った旧長州藩、〈世はY県の世〉なのである。某元老や某大臣への紹介状を書いてやるというあまたの申し出を断って上京してきた純一だが、故郷をむげにもできず、多士済々な人物が集う県人会も無視できない。中途半端さは否めない。

第二の世界は、高名な作家やインテリの学生が集う知識人の世界である。

ただ、純一にとって第二の世界の充実度はいまいちだ。中学校の恩師が書いてくれた紹介状を携え、上京した足で高名な作家・大石路花《ろか》を訪ねてみるも、昼食をふるまわれただけで体よく帰されてしまった。書生になり損ねたのである。

『三四郎』の広田サロンに相当するのは、中学の同級だった美大生・瀬戸速人《はやと》や、講演会で知り合った医大生・大村荘之助《しょうのすけ》との関係、そして彼らとともに赴いた拊石《ふせき》（漱石？）や鷗《おう》村《そん》（鷗外？）ら有名作家の講演会や勉強会だろう。ここで彼はさまざまな思想的刺激を受けはするが、〈東京に出たら、こうしようと、国で思っていた事は、悉《ことごと》く泡沫《ほうまつ》の如くに消えて、積極的にはなんのし出来《でか》したわざも無い〉、それが純一の現実である。

恋愛への誘惑を含む第三の世界はどうだろう。

美貌を誇り、行く先々で女性がざわつく青年である。その気になれば、恋愛のひとつやふたつ、簡単にできただろう。東京で借りた一軒家にちょくちょく遊びにくる女学生のお雪も、県人の忘年会で知り合った柳橋の芸者・おちゃらも、事実、彼は意識している。

だが幼い頃から「見られること」に慣れていた彼は、三四郎みたいにいちいち「自分に気があるのではないか」などと考えない。彼は恋愛に積極的な価値を見出していないのだ。

純一と坂井夫人、アバンチュールの軌跡

ところが、そんな純一に嵐のような事態が襲いかかる。順を追って見ていこう。

①衝撃の出会い

それは有楽座にイプセンの舞台を観に出かけた日のことだった。

客席で隣り合わせになった妙齢の夫人と談笑するうち、その人が同郷の高名な学者の未《び》

亡人《ぼうじん》であることを知る。夫人の名前は坂井れい子。一年前に夫を亡くし、根岸の邸宅で暮らしているという。その坂井夫人が劇の幕間に、誘いをかけてきたのである。

〈あなたフランス語をなさるのなら、宅に書物が沢山ございますから、見にいらっしゃいまし。新しい物ばかり御覧になるのかも知れませんが、古い本にだって、宜しいものはございますでしょう。御遠慮はない内なのでございますの〉

美青年の特権というべきだろう。端的にいってしまえばナンパである。

②童貞喪失

悩んだあげく、三日後、〈あの奥さんの目の奥の秘密が知りたかった〉という理由をつけて、純一は根岸の坂井宅を訪ねた。その先のいきさつは純一の日記で明かされる。

〈己は根岸の家の鉄の扉を走って出たときは血が涌《わ》き立っていた。そして何か分からない爽快を感じていた。一種の力の感じを持っていた。あの時の自分は平生の自分とは別であって、平生の自分はあの時の状態と比べると、脈のうちに冷たい魚《うお》の血を蓄えていたのではないかとさえ思われるようであった〉

なぜ彼がここまで興奮しているのかというと……。

〈己は知らざる人であったのが、今日知る人になったのである〉

純一にとって、それははじめての性体験だった。若い未亡人と田舎から上京してきた美青年。フランス書院あたりが得意とする、官能小説になりそうな展開ではある。

③期待から失望へ

当然ながら、その日から純一の頭は夫人のことでいっぱいになる。

この関係はいつまで続くのか。自分はどうしたいのか。誘惑に勝てず、二度目に夫人宅を訪ねたのは二〇日後、年も押し詰まった頃だった。その日は何事もなく終わり、本を取り換えて帰ろうとすると、夫人がいった。〈わたくし二十七日に立って、箱根の福住《ふくずみ》へ参りますの。一人で参っておりますから、お暇ならいらっしゃいましな〉

迷ったあげく、三〇日になって純一は箱根に向かう。福住旅館は現在も箱根塔ノ沢で営業を続けており、登録有形文化財にも指定された名建築だが、それはともかく……。

隣の柏屋旅館にぐずぐず逗留していた純一は、年明け後、散歩の途中で夫人と遭遇するのだ。夫人は日本画の大家・岡村画伯と一緒にいた。その晩、福住を訪ねた純一は夫人と岡村が昨日今日の関係ではないことを確信する。そして、〈今書いたら書けるかもしれない〉と思いながら眠れぬ夜をすごし、翌朝、箱根を発つのである。

彼女は恋愛対象ではない

悶々と悩んでいたのは純一ひとりで、夫人は純一をなんとも思っていなかった。もっといえば、純一は弄ばれただけだった。それがことの顚末《てんまつ》である。

はたしてこれは恋愛と呼べるのか。

蚊帳の外に置かれていたにしても、三四郎が美禰子に抱いたのは恋愛感情であり、彼が経験したのはまぎれもなく失恋だった。一方、純一は日記に書く。

〈己が知る人になるのに、こんな機縁で知る人になろうとも予期していなかった。己は必ず恋愛を待って、始て知る人になろうとも思わなかったが、又恋愛というものなしに、自衛心が容易に打ち勝たれてしまおうとも思わなかった〉。そして付け加えるのだ。

〈あの坂井夫人は決して決して己の恋愛の対象ではないのである〉

恋愛感情なしに、あるいは恋愛のステップを踏むことなしに、いきなり肉体関係に及んでしまった純一と坂井夫人。上京青年、衝撃の一夜である。

純一の狼狽ぶりからして、先に誘惑したのはおそらく夫人のほうである。

このような場合、「ラッキーじゃん」などと考えるのは間違っている。純一は「貞操を奪われた」のであり、「同意がない性行為はすべてレイプ」という今日的な基準に照らせば立派な性暴力である。だから純一は衝撃を受け、懊悩《おうのう》するのである。坂井夫人の暴力的な行為に対して。それに応じてしまった自分にも。

暴力的な「壮士」の時代

明治末期の「青年」について、少し補足しておきたい。

それぞれの時代によって、流行の若者像は変化する。一九五〇年代のアプレゲール（戦後派）、六〇年代のヒッピー、八〇年代の新人類、二〇〇〇年代の草食男子。いずれもその時代のメディアによって喧伝された「いまどきの若者像」である。

明治後期の「青年」も、そうした「いまどきの若者像」だった。つまり「青年」という言葉は、単なる「若い男」の別名でも、「ヤングマン（young man）」の訳語でもなく、明治後期に一世を風靡《ふうび》した流行語だったのである。

「青年」という語の発祥は明治二〇年代初頭にさかのぼる。木村直恵『〈青年〉の誕生』によると、「青年」は「壮士《そうし》」の対抗馬として浮上した世代像だった。

「壮士」とは明治一〇年代に最盛期を迎えた自由民権運動時代の若者像で、その精神をひと言でいいあらわせば「悲憤慷慨《ひふんこうがい》」。政治に対する不平不満を口角泡を飛ばして語り、「運動会」と呼ばれる政治集会（デモとスポーツ競技会と仮装と酒宴などを組み合わせたイベント）で士気をあげ、漢詩を吟じ、剣舞を舞い、さらには決闘するのもしないのといった暴力的な言動を好む。武闘派とでも呼べそうなタイプである。

しかし、民権運動の鎮圧を目的とする保安条例（一八八七＝明治二〇年）の制定によって民権運動が急速に求心力を失い、また一八八九（明治二二）年に大日本帝国憲法が発布されると、暴力的な「壮士」は批判の的となって排斥された。

内省的な「青年」の登場

かわって台頭してきたのが、ポスト壮士としての「青年」である。

流行の若者像というものは、前の時代のアンチテーゼとなる場合が多い。政治的なふるまいを好む「全共闘世代（団塊世代）」の後に、無気力・無関心・無責任の「三無世代」が出てきたのと同じ。「壮士」を動とするなら「青年」は静だった。

暴れることをよしとする「壮士」の対抗馬だけあり、「青年」は内省的な思考を好む世代像である。必然的に彼らの関心は、天下国家よりは個人の内面へ、政治よりは文学へと移っていく。小川三四郎や小泉純一もこの種の「青年」なのである。

時代を下って日露戦争（一九〇四〜〇五年）後になると、「青年」は早くも爛熟《らんじゅく》し、「煩悶《はんもん》青年」と呼ばれる若者像が登場する。

「煩悶青年」とは字義通りに解釈すれば「もだえ苦しむ青年」、あるいは「ぐだぐだ思い悩む青年」である。が、「煩悶青年」にははっきりとしたイメージモデルがあった。一九〇三

（明治三六）年、日光の華厳《けごん》の滝に身を投げて命を絶った一高生・藤村操《みさお》である。

当時、藤村操は数えで一八歳（満一六歳）。彼が残した遺書「巌頭《がんとう》之《の》感《かん》」には〈万有の真相は唯《ただ》一言にして悉《つく》す、曰《いわ》く「不可解」。我この恨《うらみ》を懐《いだ》いて煩悶、終《つい》に死を決するに至る〉とあり、その死は純粋に形而上的な悩みからの自殺と解釈された。

この後、操に感化されて華厳の滝に飛び込む者が続出。あまりの自殺者の多さに、ことは一種の社会問題に発展し、当局を悩ませる一方、知識人の間で大激論が巻き起こったほどだった。操の死には失恋がからんでいたとの説もあるが、いずれにしても彼の名は大正・昭和戦前期にいたるまで、旧制高校生に絶大な支持を誇っていた。

もちろん当時の煩悶青年とて、みんなが滝に飛び込んだわけではない。しかし、藤村操の死が明治以来の「立身出世主義」に対するアンチテーゼを提出したこと、いいかえると出世コースからドロップアウトすることの積極的な意義を発見させたことは大きい。

かくして「人生いかに生くべきか」とハムレット張りにぐだぐだ悩むのがカッコイイ、という風潮がエリート層の若者たちの間で醸成されていくのである。今風にいえば、「自分探し」だろうか。三四郎や純一がぐだぐだと悩むのはこの時代のトレンドでもあったのだ。

プラトニックという呪縛

もうひとつ、明治の青年たちをとらえたのは西欧的な「恋愛」である。

旗振り役は、恋愛教のカリスマ・北村透谷だ。透谷の元祖恋愛論「厭世詩家と女性」(一八九二＝明治二五年)は、〈恋愛は人世の秘鑰《ひやく》なり、恋愛ありて後人世あり、恋愛を抽《ぬ》き去りたらむには人生何の色味かあらむ〉ではじまる漢文調のおそろしく格調の高い文章で、彼が唱えたのは恋愛に人生最大の価値を置く、一種の恋愛至上主義だった。

問題は透谷が「プラトニック・ラブ」を称揚したことである。

プラトニック・ラブとは、性と愛、精神と肉体を分離したうえで「精神的な恋愛」を上位に置く思想である。「後朝《きぬぎぬ》の別れ」とか「夜這《よば》い」などの風習からもわかるように、古来ジャパニーズ・スタイルの「色恋」は、精神と肉体を分離しない「性愛一致」の文化だった。しかし、性愛分離主義者の透谷はいうのである。

〈生理上にて男性なるが故に女性を慕い、女性なるが故に男性を慕うのみとするは、人間の価格を禽獣の位地に遷《うつ》す者なり〉

恋愛に至上の価値を置きながら、恋愛に性をもちこむことを「禽獣の位地」と呼び、なおかつ結婚は堕落への道だと述べる。矛盾に満ちた恋愛論で、こんなのにハマッたら悩みが増すこと必至である。それでもハマッた若者は多かった。性愛一致か性愛分離か以前に「恋愛をしてみたい」というのが、ハマッた理由だったにしてもである。

ちなみに「厭世詩家と女性」を発表した二年後、透谷は二五歳の若さで自らの命を絶ってしまった。透谷も、あるいは藤村操も、長生きしたら「あれは若気の至りであった。面目ない」と赤面したのではなかっただろうか。人生、早まってはいけないのである。

坂井夫人のショック療法

『青年』に話を戻そう。

坂井夫人との一件で、純一が懊悩したのは、まさに性愛分離問題だった。

恋愛の対象でもない相手の誘惑に負けてしまった。それは彼を激しい後悔と自責の念に向かわせる。しかし半面、彼はその後も坂井宅を訪ね、汽車を乗り継いで箱根にも向かっている。いろいろ言い訳しても、それは「二度目」を期待したからだ。『三四郎』が回避し、『青年』が顕在化させたのは性欲の問題である。

純一が二度目に坂井宅に向かったのは、その直前、女学生のお雪が家に遊びに来たためだった。お雪の身体がふれて一瞬クラッとした純一は、ヤバイと感じ、発作的に坂井宅に向かうのだ。だが坂井夫人は平然としていた。純一はがっかりする。

坂井夫人の真意が奈辺にあったかは、正直、情報が少なすぎてわからない。くだんの行為に至る過程は、純一の持って回った日記で巧妙に隠蔽されているからだ。

しかし、彼女の真意がどこにあろうとも、その行為が純一を覚醒させるショック療法として機能したことは間違いないだろう。

福住での一件があった後、〈今書いたら書けるかもしれない〉と純一は考える。「今に見てろよ、俺だって」の心境である。傲慢で虚無的で、頭でっかちな純一は、ここではじめて現実の残酷さに直面し、自分はこれでいいのかと考えはじめたのだ。

「汽車の女」と三四郎

年上の女性に翻弄されるエピソードは、『三四郎』にもじつはある。
小説の冒頭、東海道線の上り列車で、三四郎は京都から乗った女と乗り合わせ、〈一人では気味が悪いから〉と頼まれて、名古屋で同じ宿に泊まるのだ。女中の早とちりから、ひとつ部屋のひとつ布団で寝るハメになった三四郎は、まんじりともせずに朝を迎え、女に手痛い一言を浴びせられるのだ。〈あなたはよっぽど度胸のない方ですね〉
従来、この台詞は、同衾《どうきん》しながら彼女に手を出さなかった三四郎の気弱さに対する皮肉と解釈されてきた。「据え膳食わぬは男の恥」ってやつである。
私はしかし、この説には反対である。汽車の女は実家に預けてある子どもに会うために、子どものためのおもちゃを買って、列車に乗っていた。そんな母親モードの女性が、行きずりの学生ごときを誘惑する理由がどこにあるだろう。

つけ加えれば、この女性には夫があり、万一彼女と三四郎がどうにかなっていたら、二人は姦通罪にも問われかねない。下手すりゃ三四郎は強姦罪でお縄である。そんな面倒を、旅の途中の女性がわざわざ起こすはずがないではないか。

「度胸がない」とは、宿の女中に反論ひとつできず、用心棒の役目を果たせなかった三四郎に対する、皮肉と受け取るべきだろう。

この一件から、三四郎は「女は恐い」という陳腐な教訓を引き出すのだが、からかいにも似た彼女の一言は、ショック療法としては有効だった。

一方、純一はいわば「据え膳を食って」しまったのだった。その後の苦しみを考えれば、三四郎の「度胸のなさ」は正解だったというしかない。

しかし、では坂井夫人に対する純一の気持ちは恋愛ではなかったのだろうか。

恋愛未遂で終わった関係

〈あの坂井夫人は決して決して己の恋愛の対象ではないのである〉と口ではいいつつ、純一がいってることや、やってることは恋する人そのものだ。

その日のことを何度も反芻《はんすう》したり、彼女は自分を待っているのではないかと想像したり、いやそれはおめでたすぎると打ち消したり。「恋ではない」「恋ではない」という呪文は、恋する人の初期症状として、わりとよくある病態である。箱根の宿で感じた「裏切られた」という感情は、恋する人への嫉妬以外の何ものでもない。

純一に抑制を促した原因は二つあったように思われる。

ひとつは、「こんな年上の未亡人を自分が好きになるはずがない」あるいは「こんな相手は前途のある自分に相応しくない」という世俗の常識に依拠する差別意識。

もうひとつは、誘惑してきたのが夫人のほうで、自分が受け身だったことだ。彼の自尊心は傷ついた。二人の関係において、純一はスタート時点から「劣位」である。見栄っ張りな純一にはそれが受け入れられなかったのだ。

田舎の秀才の限界なのか。日本語とフランス語のチャンポンで考えるような頭のいい文学青年なのに(作中にはフランス語の単語が原語のスペルのままで頻出する)、恋愛の機微は理解できない。愛されることに慣れた純一は、自分から愛そうとしてこなかった。ゆえに自分の感情が恋であることにも気づかないか、気づかないふりをした。

かくて、三四郎と美禰子の関係が「恋愛未満」で終わったように、純一と坂井夫人の関係は「恋愛未遂」で終わるのである。

林清三の悲運——田山花袋『田舎教師』（一九〇九＝明治四二年）

非エリートの青春小説

立身出世主義が揺らぎ、若者たちが自分の道を自分で探さなければならなくなった明治後期。そんな時代に、ともあれ上京した三四郎（『三四郎』）や純一（『青年』）。

とはいえ、彼らはやはり一握りのエリートである。三四郎はそうはいっても帝大生だし、純一は裕福な家のおかげで遊んでいられる、いいご身分の道楽息子だ。当たり前だが世の中には、三四郎にも純一にもなれなかった若者が多数存在したのである。

そんな「エリートになれなかった若者」を描いた小説を読んでみたい。

田山花袋『田舎教師』（一九〇九＝明治四二年）だ。

花袋の代表作は、私小説の嚆矢《こうし》として知られる『蒲団』（一九〇七＝明治四〇年）である。女弟子に懸想する中年作家の心の内を赤裸々に綴った、文学史的には重要な作品だ。

それに比べると、『田舎教師』は知名度ではやや落ちるかもしれない。が、知的階層の学歴エリートが幅を利かせる明治大正の文学界で、この時代のリアルな青年像を活写したという意味で、『蒲団』以上に重要な作品ではないかと私は思っている。

『田舎教師』の主人公には、モデルとなった人物がいる。埼玉県羽生《はにゅう》市の小学校の代用教員だった無名の青年・小林秀三《ひでぞう》である。花袋は妻がこの地の出だったことから、たびたび羽生を訪れ、土地の寺の住職（妻の兄）が保管していた秀三の日記を入手。この日記をベースに現地取材やフィクションを加えて、『田舎教師』を書いたのだった。

今日の著作権的な観点からいえば、この方法に問題なしとはいえないが、そのぶんリアルな青春の姿が描かれているのも事実である。さて、どんな青春？

上京できなかった少年

主人公の林清三《せいぞう》は数えで二〇歳。熊谷市の中学を卒業し、この春から羽生の村落部にある弥勒《みろく》高等小学校の代用教員になった。正規の教員免許をもたない非正規雇用者である。

物語は清三の初出勤の日からはじまる。

〈四里の道は長かった。その間に青縞《あおじま》の市のたつ羽生の町があった。田圃にはげんげが咲き、豪家の垣《かきね》からは八重桜が散りこぼれた。赤い蹴出しを出した田舎の姐さんがおりおり通った〉。のどかな春の田園風景を描いた、有名な書き出しである。

四里といえば一六キロ。徒歩四時間の距離である。その距離のほとんどを彼は徒歩で移動する。楽ではない。それでも〈清三の前には、新しい生活がひろげられていた。どんな生活でも新しい生活には意味があり希望があるように思われる〉。

こうして物語は清々しくスタートする。だが、清三は人知れず屈託を抱えていた。好きで教員になったわけではなかったからだ。〈家が貧しく、とうてい東京に遊学などのできぬことが清三にもだんだん意識されてきたので、遊んでいてもしかたがないから、当分小学校にでも出たほうがいいという話になった〉。これが内実だった。

三四郎や純一が難なく突破した「上京」という第一関門の手前に清三はいる。東京に行けなかった。その現実は、何かと彼を苦しめる。

〈かれは中学からすぐ東京に出て行く友だちの噂を聞くたびにもやした羨望の情と、こうした貧しい生活をしている親の慈愛に対する子の境遇とを考えずにはいられなかった〉

希望がかなえられなかったのは家のせい、親のせい、というわけである。

清三にとっての「三つの世界」

三四郎が考案した「三つの世界」に当てはめて考えてみよう。

第一の世界、生まれ育った故郷について。

当時の志ある青年は、故郷を旅立つことで人生の入り口に立った。が、家が貧しく、兄も弟も早世して自分しか跡取りがいない清三は、故郷の埼玉から抜け出せずにいる。移動の方向は、彼が希望するベクトルとは逆の方向を向いてさえいる。

小学校から中学二年になるまでの八年間、清三が住んでいたのは熊谷だった。一万以上の人口があり、中学校、農学校、裁判所、税務管理局などが置かれ、上野と結ばれた汽車が停車場に着くたびに〈乗合馬車がてんでに客を待ちうけて、町の広い大通りに喇叭《らっぱ》の音をけたたましくみなぎらせてガラガラと通〉るような都会である。

だが羽振りのいい呉服屋だった父が商売に失敗し、一家は夜逃げ同然で行田《ぎょうだ》に移転した。残りの修学期間は熊谷までの三里を歩いて通ったが、職が決まった小学校は行田よりさらに奥まった羽生。しかも羽生の中でも外れの三田ケ谷村の在・弥勒である。

東京から徐々に離れていく清三。羽生の寺に下宿し、週末ごとに両親が住む行田に帰る彼は、親とも過去とも決別できない。

知識人が集う第二の世界に関しては、ハナから届かぬ夢である。

下宿している寺の住職は早稲田大学出のインテリで、一瞬目の前が開けたような気はするが、知的な雰囲気は勤め先の学校にはない。〈小学校の校長さんといえば、よほど立身し

たように思っている。また校長みずからも鼻を高くしてその地位に満足している〉

中学時代の同窓生のほうがはるかに知的で〈将来の希望にのみ生きている快活な友だちと、これらの人たちとの間に横たわっている大きな溝〉を感じざるを得ない。清三は心の中で叫び声を上げる。〈まごまごしていれば、自分もこうなってしまうんだ！〉

恋愛への誘惑を秘めた第三の世界はどうだろう。

田舎教師の清三にとって、都会的な恋愛などはさらに遠い夢である。……のかと思いきや、じつはそうでもないのだが、これについては後述する。

中途半端な学歴エリート

たしかに清三の世界は小さい。だが、見方を変えれば、彼は中学も出ているし、代用教員とはいえ学校に勤める立派な月給とりである。さまざまな大人との交流もあり、「林先生」と呼ばれている。親がかりの三四郎や純一より、よほど自立した社会人だ。にもかかわらず、清三は現状にまったく満足していないのである。

これは彼が「中途半端なエリート」だったことと関係していよう。

当時の学校制度では、義務教育は尋常小学校の四年間（一九〇七年から六年間に延長）だけ。卒業後、大多数の子どもはそのまま奉公に出るか家業を手伝うかしたが、もっと勉強したい子には二つの道があった。高等小学校（四年間。一九〇七年から二年間）に進むか、男子の場合は中学校（五年制）、女子の場合は高等女学校（四年制）に進むかだ。

明治末期の進学率は、高等小学校が約三〇パーセント、中学に進んだ男子は一〇パーセント未満である。清三もかなりのエリートなのだ。

問題はしかし、その後だ。中学を出た男子の前には多様な道が開けていた。①旧制高校に進んで帝国大学に行く（旧制五高から東大に進んだ三四郎はこのコース）、②私立の大学に行く、③師範学校に進んで教師になる、④法学校・医学校・理学校・工業学校などの旧制専門学校に行く（物理学校を出た『坊っちゃん』の「おれ」はこのコース）などである。これらの高等教育機関は数が少ないため、上級の学校に進む男子の多くは、この段階で家を出る。

上の学校に進めなかった清三は、この段階でつまずいた。同級生の前には広がる将来を、彼はシャットアウトされてしまった。落胆は大きかっただろう。

「近代の青年」であるがゆえの悲哀

清三のもうひとつの屈託は、たぶんに彼の内面に由来する。

彼の内面は、すでに十分「近代の青年」だったし、地方の若者たちの周りにも都会と同じ文化の風は吹いていた。

清三は文学に傾倒し、「明星」や「女学世界」を愛読し、いっぱしに新体詩を書き、恋愛論を語る「青年」だった。親友の加藤郁治《いくじ》ら、中学の同級生を中心にした文学仲間にも恵まれた。そんな仲間と創刊した同人誌「行田文学」は清三の希望だった。内面の自由を保障する趣味の世界があれば、人間なんとかなるのである。

ところがこの同人誌は、印刷費の工面が続かず、四号で廃刊してしまう。

清三の不幸は、家が没落して貧乏になったせいではなく、彼が「近代の青年」になってしまったことだろう。都会から流れてくる情報は夢と憧れをかきたてる。だが彼の現実は田舎教師だ。夢と現実のギャップが、彼を惑わせ、悩ませる。

そうこうしているうちにも、級友たちは巣立っていく（当時の学校制度では、小中学校の卒業は三月、上級学校の入学は九月）。親友の郁治は東京で師範学校に入る準備をするという。北川も士官学校に入る準備のために東京に行くらしい。翌年には友人たちの朗報が次々に入ってきた。小島は第四高等学校に合格して金沢に行った。郁治と小幡は東京の高等師範学校に合格した。桜井は浅草の工業学校に入学した。

清三の焦りは募るばかりだ。そして〈多くの友だちのようにはなばなしく世の中に出て行きたい〉という思いから、彼は迷走しはじめるのである。

詩人がダメなら音楽があるさ

最初、彼が目指したのは詩人であった。

下宿先の寺の住職に〈どうです、君も何か一つ書いてみませんか〉と勧められたのがキッカケだった。〈人なみにしていては、とてもだめである〉〈感情を披瀝《ひれき》する詩人としてよりほかに光明を認め得るものはないと思った〉彼は、運試しとして〈この暑中休暇に全力を挙げて見よう。自分の才能を試みて見よう〉とした。現実は甘くなかった。〈暑中休暇は徒《いたず》らに過ぎた。自己の才能に対する新しい試みも見事に失敗した。思いは焼えても筆はこれに伴わなかった。五日の後にはかれは断念して筆を捨てた〉。早々の断筆である。

彼を迷走させた原因のひとつは、周囲の圧力である。校長は教員の検定試験を受けて正式な教師を目指してはどうかと勧めるし、母は結婚話をほのめかす。正式な教員への道も、母が勧める相手との結婚も、上京を阻むワナである。

〈この間ね、いい嫁があるッて、世話しようッて言う人があるんだがね〉と母に打診された清三はついにブチ切れた。〈僕はまだこれで望みもあるんです〉〈だって、僕一人田舎に埋もれてしまうのはいやですもの。一二年はまアしかたがないからこうしているけれど、いつかどうかして東京に出て勉強したいと思っているんです〉

彼が次に目指したのは音楽家への道だった。勤務先の学校にあるオルガンを弾いてみたら、意外に楽しかったのだ。ゆえに要らぬ一言を口走ってしまった。〈音楽のほうをこのごろ少しやってるから、来年あたり試験を受けてみようと思っているんです〉

こうして彼は無謀にも、上野の音楽学校（現在の東京芸術大学）を受験するのだ。

清三、はじめての上京である。帰りには上野の動物園や博物館に寄り、東京の友人たちも訪ねようと思っていた。だが結果は〈田舎の小学校の小さなオルガンで学んだ研究が、なんの役にもたたなかったことをやがて知った〉。当たり前だ。音楽学校の入試は当時から難関である。昨日今日の思いつきで合格するわけがない。

成功したいという野望だけはあっても、清三には「これをやりたい」という強いモチベーションもなければ、ビジョンもなかった。近代青年の悲劇である。

音楽学校の受験に失敗した後、彼はたびたび体調を崩し、学校勤務もままならなくなる。そして羽生に越した両親のもとに戻った後、二四歳の若さでこの世を去ってしまうのだ。小学校勤めをはじめて四年。死因は肺結核だった。

彼の失敗は、学歴社会に眩惑《げんわく》されて、上京イコール進学と思い込んだことだろう。九州（三四郎の出身地）や山口（純一の出身地）に比べたら、埼玉なんて東京と目鼻の距離だ。そんなに東京に行きたければ、親など捨てて、さっさと家出すればよかったのである。

林清三、その華麗なる恋愛遍歴

後回しにしてあった、清三にとっての「第三の世界」について見ておきたい。何から何までパッとしない清三だが、じつは意外な一面があった。

小学校の同級生で後に芸者になった小滝は「同級生の中で誰が一番好きだったか」という清三の文学仲間の質問に〈それア誰だッてそうですわねえ、……むろん林さん！〉と答えている。「誰だって」「むろん」という以上、清三は女子にモテモテだったのだ。

実際、郁治の妹の雪子や、弥勒の料理屋の娘・お種など、清三に気がありそうな子は何人もいた。ただ、清三の意識は別の女性に向いていた。

①女学生・美穂子への初恋

彼が好きだったのは、友人の北川の妹で、浦和の女学校に入った美穂子である。「Artの君」という符丁で呼ばれ、ひさし髪にリボンという流行の女学生ファッションで夏休みに帰省してくる美穂子は都会の香りを運んでくる、いわば「プチ美禰子」である。

しかし清三には出る幕がなかった。親友の郁治も美穂子が好きで、恋する切なさを切々と訴えていたからだ。やがて郁治は美穂子と文通をはじめ、仲は進展しているようだ。美穂子の話が出るのが嫌で、彼は郁治たちとも会わなくなった。三四郎と美禰子、純一と坂井夫人ほどの劇的な邂逅《かいこう》もなく、清三は身を引いた。失恋である。

②遊女・静枝との熱愛

美穂子に失恋した後、彼が向かった先は川向こうだった。弥勒は群馬県、栃木県、茨城県と隣接した、利根川に近い集落である。川をわたれば、そこはもう他県。

廃娼運動が盛んだった群馬には少ない遊廓が、茨城にはあった。

先輩教師に〈あんまり勉強すると、肺病が出ますぜ、少し遊ぶほうがいい〉と焚《た》きつけられた清三は、ある土曜日、行田の実家に帰るふりをして、乗り合いの渡し船で川をわたり、中田（茨城県古河市）の貸座敷に向かった。

そこで出会った遊女が静枝である。この店随一の売れっ子だった。彼女の辛い身の上話を聞くうち、気持ちがほだされていった清三は、本気で恋心を抱く。

かくて月に二度ほど中田に出かけるようになった清三だが、こうなると問題なのは軍資金。身近な人に借金をする清三に「林先生は、近頃おかしい」という噂が立つが、遊廓通いをはじめて半年ほどたったある日、彼は残酷な事実を告げられる。

〈おいらんもな、おめでたいことで――この十五日に身ぬけができましたでな〉

どこぞの金持ちの旦那に静枝は身請けされたのだ。二度目の失恋だった。

③教え子・秀子との再会と別れ

田原秀子は高等小学校の教え子だった。卒業後は浦和の師範学校に進み、家に用事があって帰ってきたからと、病に伏せる清三を学校の宿直室に訪ねてきたのである。見ちがえるほど大人になった秀子。音楽好きの二人は再会を喜び、手紙のやりとりもはじめた。手紙の内容は恋の予感に満ちており、順調な交際に発展しそうだった。が、それからまもなく、清三は病を悪化させて世を去ってしまう。音楽はあきらめ、動植物の採集と写生に活路を見いだした矢先の死であった。

イニシエーションとしての上京

モデルがいるとはいえ『田舎教師』にはフィクションもまじっている。林清三は小林秀三の三歳上に設定されており、作者の弁によれば、遊廓のくだりも創作である。

この挿話は、田山花袋の「勇み足」ないし「余計なお世話」だったと私は考える。清三の性格から考えて、このくだりは整合性を欠くし、同時代の他の青春小説に照らしても、西洋文化（に内包されたキリスト教思想）に傾倒する文学青年は、基本、プラトニック志向である。それに、そもそも清三は薄給の非正規雇用者だ。そんな清三が遊廓にほいほい足を向けるとは思えない。モデルにされた小林秀三は「やい花袋、僕はオマエとはちがうぞーっ！」と草葉の陰で、抗議したのではあるまいか。

それでも、百歩譲って遊廓のくだりに意味があるとしたら、この挿話が、清三にとってのイニシエーションとして機能している点だろう。「童貞喪失」とかではなく、「川をわたる」という行為自体が、彼にとっては大きな飛躍を意味するからだ。

上野の音楽学校に受験に行くのも同じだ。この上京はやはり一種の通過儀礼、イニシエーションと見なせる。それは熊谷→行田→羽生と、「下り」方向の移動をくり返してきた清三が、はじめて自分で選んで実行した「上り」の移動だ。

実際、この上京騒ぎの後、病を得た清三は、〈東京に行く友だちをうらやみ、人しれぬ失恋の苦しみにもだえた自分が、まるで他人でもあるかのよう〉に感じはじめる。

夢にまで見た東京も、いざ足を踏み入れて見れば、どうってことはなかった。よくある話だ。まして受験に失敗したことで、彼にとっての東京は「敗北の地」に変わった。長年彼を悩ませた上京熱は、この時点で冷めたにちがいない。

それでも清三は〈何か一つ大きなことでもしたいもんですなア――なんでもいいから、世の中をびっくりさせるようなことを〉〈ほんとうに丈夫なら、戦争にでも行くんだがなア〉と言い続けた。最後に彼を熱狂させたのが日露戦争だったのは皮肉な話だが、人生の勝ち組になれなかった人（がじつは大半なのだ）が、代わりに国家を応援するのは不思議な話ではない。近代の青年たちにとって「成功」の呪縛がどれほど大きかったか、だ。

生意気な女学生が登場した時代

明治の青春小説を彩る「女学生」について補足しておきたい。

美禰子にのぼせる三四郎、坂井夫人に籠絡《ろうらく》された純一、そして美穂子を諦めた清三。なぜ青春小説の主人公は、みんな「無理め」な女性に夢中になるのか。

それはこの時代の女性観に、転換が起きたからである。

転換を促した制度のひとつが、一八九九(明治三二)年に発布された「高等女学校令」である。これはそれまで未分化だった女子教育を統合する初の法令で、男子の中学校に相当する中等教育機関・高等女学校がはじめて正式に発足したのである。

男子の中学校が五年制なのに対し、女学校は四年制。カリキュラムも中学より一段低く設定されていたものの、各県に最低一校の女学校を設立すべしとの令により、女学生の数は急増。「良家のお嬢さん」はこぞって女学校を目指した。

彼女たちに期待されていたのは、「高学歴男性の妻」としての役割である。したがって女学校教育の大きな柱は「良妻賢母教育」だった。

旧弊に思える良妻賢母は、じつは西欧由来の近代の思想である。夫を補佐し、子どもの教育に責任を持つのである。家庭内での女性の権限を認める(女性の権限を家庭内に限定するともいえるが)という意味で「幼にしては父に従い、嫁《か》しては夫に従い、老いては子に従う」

式の近世の男尊女卑思想とは一線を画している。

だが、制度は制度。女学生は風俗の方面でも耳目を集める存在だった。ひさし髪にリボンを結び、海老茶色の袴を颯爽と着こなして街を闊歩する女学生は、憧れと嘲笑が相半ばする好奇の的だった。八〇年代の女子大生ブーム、九〇年代のコギャルブームとも類似するかもしれない。小杉天外《こすぎてんがい》『魔風恋風《まかぜこいかぜ》』（一九〇三年）や小栗風葉《おぐりふうよう》『青春』（一九〇五〜〇六年）は新時代の女学生を描いて大ヒットした新聞小説である。

福沢諭吉は、高等女学校令の年に出た『女大学評論・新女大学』で、女子教育を奨励する一方、〈男書生の如く朴訥《ぼくとつ》なる可《べか》らず、無遠慮なる可らず、不行儀なる可らず、差出がましく生意気なる可らず〉と釘を刺している。しかつめらしく「生意気なる可らず」とかいっちゃって、旧世代らしい、おもしろくもない直言である。

しかし血気盛んな若者たちは、常に新しい刺激を求めている。

女学生とは、そもそも高学歴男性の結婚相手として養成された層である。青年たちが意識するのは当たり前なのだ。西洋文化に親しみ、芸術を語る文学青年なら、なおさらである。恋愛に発展する可能性のある「生意気な女」だからこそ、彼らは女学生に、あるいは女学校文化を身にまとった女性に惹かれたのである。

もし清三が生きていたら

『田舎教師』に話を戻そう。

清三の最後のガールフレンドとして登場する田原秀子は、高等小学校から師範学校に進んだ生徒だ。師範学校の就学期間は、中学ないし女学校出なら二年、高小出なら五年。学費が無料だったので、貧しくても優秀な生徒が集まった。

良妻賢母教育に特化した華やかな女学校には進まず、高小から師範学校に進んだ田原秀子は、教師という職業婦人を目指していたことになる。

清三の死の一年後、友人たちが建てた彼の墓の前で号泣する秀子の姿があった。そのまた数年後、彼女が羽生の小学校に教師として赴任してきたところで、物語は終わる。

健康さえ害さなければ、清三は教員試験を受けて正規の教師となり、田原秀子と共働きの家庭を築き、勤勉な一教師としての生を全うしたように思われる。

何も達成せずに早世した林清三の（または小林秀三の）生涯は無念に見える。だが『田舎教師』がこの時代に（現代にも）大勢いたであろう「小説の主人公になりにくい若者」の姿を刻印したという点で、彼の人生はけっして空疎だったとはいえまい。

ちなみに羽生では、作中に出てくる四つ辻に、少年のような姿で歩く「田舎教師の像」が建っている。清三（秀三）がいまも愛されている証拠。夢だ成功だと世間は無責任にいうが、人生、東京に出りゃいいってものでもないのである。

学歴エリートの王道コースを歩んで田舎の秀才から帝大生になった小川三四郎。学歴などに頼らず、一発逆転の成功を夢見て上京した小泉純一。そして、いつか上京したい、成功したいと念じながらも夢がかなわなかった林清三。三者三様の青春は、明治末期の青年の典型的な姿を、それぞれ印象的に描き出している。

一〇〇年も前の話である。しかしながら今日でも、基本的な構造は変わっていないのではなかろうか。受験エリートへの道をひた走る若者たちがいる一方で、芸能界や実業界での成功を夢見て東京を目指す若者も一定数は必ずおり、「今に見ていろ、俺だって」な野望を胸に現状からの脱皮を誓う若者はもっと多いはずである。

なかなかそれが目論見通りにいかないのも今と同じだ。とはいえそれがこじれると、人は簡単にドツボにハマる。大正の青春小説で目立つのは、そんな若者たちである。

第2章　大正ボーイの迷走

野島某の妄想——武者小路実篤『友情』（一九二〇＝大正九年）

新中間層の出現と白樺派

大正期の青春小説としてすぐ思い浮かぶのは、武者小路実篤《さねあつ》『友情』（一九二〇＝大正九年）である。昭和の末頃までは中高生の必読図書に近かった。

明治の青春小説との大きな違いは、アッパーミドルな雰囲気だ。この小説の若者たちも、広田先生の下に集う『三四郎』のサロン同様、ゆるい仲良しグループを形成しているのだが、仲間の別荘に行ったりするし、やれ卓球だトランプだ海水浴だと、スポーツやレジャーを謳歌している。

こうした相違は、第一次大戦あたりを境にした時代の変化に由来する。

大正期は大衆文化が一気に花開いた時代である。産業革命を背景に、経済が発展して衣食住の西洋化が進み、電灯・水道・ガスなどのインフラが整備され、新聞・雑誌・書籍などの活字メディアが興隆をきわめた。都市に流入する人口は増大し、大卒サラリーマンを中心に新中間層（中産階級）が形成された。

経済の変化は、芸術にも影響を与えた。美術、建築、音楽、演劇など、さまざまな分野で伝統を一新するスタイルが模索された。いわゆるモダニズム文化である。明治後期の「女学生」に代わる最先端の女性像が、断髪に洋装のモダンガールだ。

文学の分野でも新しい潮流が生まれた。その代表が「白樺派」である。

白樺派は、武者小路実篤、志賀直哉、有島武郎、里見弴《とん》など、学習院の同窓生が集った同人誌「白樺」の同人で、端的にいえば、寝食の心配がいらない「いい家の子」の集まりである。武者小路実篤はその中心的なメンバーだった。

白樺派の思想は、理想主義、人道主義、個人主義などと説明されるが、男女関係においても旧来の男尊女卑を否定して、互いの人格を認め合う関係を理想とした。

さて、上京という関門をスキップできたシティボーイの青春と恋愛とは？

出会ってすぐ結婚を考える男

〈野島が初めて杉子に会ったのは帝劇の二階の正面の廊下だった〉

これが『友情』の書き出しである。

主人公の野島は数えで二三歳。脚本家の卵である。右で「杉子」と書かれているのは友人の仲田の妹で一六歳。大人びて見えた杉子の年齢を知って野島は安堵する。〈十六ならまだ安心だ。自分と七つちがいだ。自分が少し有名になる時分に、丁度十九か、二十になっている〉。野島の女性観はシンプルだ。〈彼は女の人を見ると、結婚のことをすぐ思わないではいられない人間だった。結婚したくない女、結婚出来ない女、これは彼にとっては問題にする気になれない女だった〉

かくて〈杉子とは殆ど話をしなかった〉にもかかわらず、〈ここに自然のつくった最も美しい花がある。しかも自分の手のとどくかも知れない処に〉と思ってしまった野島は、杉子こそ未来の妻に相応しい女性だと考える。で、仲田の家を頻繁に訪れる一方、親友の大宮にも杉子のことを話した。その娘なら自分の従妹の友達だと大宮はいい、〈中々綺麗な人だった〉〈ともかくうまくゆくといい〉といってくれた。

大宮は二六歳。新進気鋭の作家である。

夏になり、一行は鎌倉ですごすことになった。仲田も大宮も鎌倉に別荘があったのだ。野島は大宮の別荘で暮らし、ここに大宮の従妹の武子が合流した。仲田の別荘には妹の杉子も来ている。彼らは頻繁に行き来し、卓球やトランプや海水浴を楽しむが、夏も終わりに近づく頃、大宮は突然「西洋に行く」といいだした。

能力も容貌も体格も優れた大宮を、杉子も武子も崇拝しているらしいと察していた野島は、大宮の洋行を密かに喜ぶが……。

二段構えの失恋

魅力的な娘に心を奪われて一喜一憂する野島は、美禰子に恋した三四郎と同じである。目の前の相手にぎりぎりまで思いを伝えられないのも、愛する人の意識がじつは別の人物に向いていて、最後は見事にふられるのも同じである。

ただし野島の求愛行動は「え?」なところが多い。ざっと整理しておこう。

①杉子の社交辞令

東京でも鎌倉でもなかなか縮まらなかった二人の距離が、急に縮まったとはじめて野島が感じたのは、大宮が西洋行きを決めた後だった。〈大宮さんがいらっしてはあなたはお淋しいでしょう〉〈私ではお話相手になれなくって〉と彼女はいったのだ。〈これからわからないことがあったら、色々教えて頂戴ね〉

ありがちな慰めの言葉。そこに嘘はないにしても、まあ社交辞令の部類である。ところがたったこれだけで野島は有頂天になり、〈自分のわきに杉子がいる。そして自分を尊敬し、自分にたよろうとしている〉と考える。おめでたいのである。

②唐突な求婚

しかし、たちまち事態は暗転する。みなで東京駅に大宮を送りに行った日、大宮に注がれた杉子の眼差しを見て、野島は彼女の意中の人を知ってしまったのだ。

野島は焦り、一年後、人を立てて仲田家に結婚を申し込み、体よく断られる。兄の仲田にも杉子の意思を問うが「当人は結婚する意思はまるでない」と返された。それでも野島は諦めきれず、ついに杉子に手紙を書く。

〈私は貴女なくしてこの世に生きることの淋しさをあまり強く味わされております。（略）私の心は貴女は既に御存知と思います。私は何にも申しません。唯々《ただただ》お願いします。貴女の本当の意志を御知らせ下さい。私は何年でもお待ちします。少しは望みがあるのですか。少しも望みはないのですか。何もかも正直に云ってください〉

この手紙を手にした杉子は身震いしたはずだ。「この世に生きることの淋しさ」とかいわれても、そんなもの知るか、である。しかも答えを強要するような脅迫的な文面。何年でもお待ちします？　とんだ人に好かれちゃったわ、どうしましょう！

案の定、杉子の返事は、けんもほろろだった。〈父や兄のお答え申した通りより私も御返事が出来ませぬ。どうぞあしからず。心であやまっております〉

③暴かれたもうひとつの恋

自業自得とはいえ、野島、手痛い失恋である。

しかし物語はここで終わらず、より残酷な結末に向かうのだ。

当人が知らなかっただけで、『三四郎』の物語の裏には美禰子と野々宮の隠された物語があったのではないか、と前章では述べた。『友情』も同じである。野島のあずかり知らぬところで、裏には杉子と大宮の隠された物語があったのだ。

『友情』はしかも「隠された物語」を大宮が同人誌に寄せた小説という形で、後半、洗いざらい白昼に（つまり野島と読者の前に）さらすのである。

〈尊敬すべき、大いなる友よ。自分は君に謝罪しなければならない〉と書かれた手紙に同封された大宮の小説（の形をとった告白）は、杉子と大宮の往復書簡の形式で、杉子の（野島に対する）激しい拒絶と、（大宮に対する）熱烈な求愛が綴られていた。

杉子が野島を拒否した理由

野島はなぜ失敗したのだろう。

杉子の手紙は激烈だった。〈私は野島さまの妻には死んでもならないつもりでおります〉〈私は、どうしても野島さまのわきには、一時間以上は居たくないのです〉

さらに別の手紙で彼女は書く。〈野島さまは私と云うものをそっちのけにして勝手に私を人間ばなれしたものに築きあげて、そして勝手にそれを讃美していらっしゃるのです。ですから万一一緒になったら、私がただの女なのにお驚きになるでしょう〉

野島の妄想の激しさに、彼女は気がついていたのである。

半面、大宮への求愛は熱烈だった。〈私は巴里に行きとうございます。一目あなたにお目にかかりたい。そうすれば死んでもいいと思います〉

三四郎は美禰子が野々宮を意識していることに薄々感づきながらも、二人の関係を最後まではっきり知ることはなかった。野島はしかし、真実を知ってしまった。

大宮がヨーロッパに旅立ったのも、親友の恋路を邪魔したくないとの遠慮からだったという、まさかの事実。友情と恋愛の板挟みになった大宮は、最終的に恋をとる。

〈かくて僕は杉子さんと結婚することになるだろう〉

死刑宣告ともいうべき親友の言葉。それでも野島は男の子っぽく虚勢を張る。〈君よ、仕事の上で決闘しよう。君の惨酷な荒療治は僕の決心をかためてくれた〉

野島が大宮に負けた理由

杉子が野島ではなく大宮を選んだのは、客観的に見れば妥当である。

第一に、野島と大宮とではスペックが違いすぎる。

大宮の家は大金持ちだし、原稿の注文が殺到する新進気鋭の売れっ子作家だ。体格も容姿も立派で、運動能力も高く、友人の恋を優先するほどだから人格的にも優れている。

一方の野島は脚本家の卵にすぎず、体格は貧相で、運動神経も鈍く、ブルジョアな友人たちに比べると、食うに困らぬ程度の家の子だ。

大宮が野島を親友として扱ってくれたため、彼はその差に気づいていなかった。気づかず〈恋をしていない君をむしろ羨ましく思う〉などといっていたのだ。

第二に、もっと重要なのは、杉子に対する態度の差だ。

野島はいつも杉子をじっと見ていた。杉子は恐怖すら感じただろう。今日的にいえばストーカー的視線である。一方、大宮は野島への遠慮もあって、終始、杉子に冷たかった。どちらに女性が惹かれるか、答えはわかりきっている。

野島と大宮の能力の差を端的に示すのが、作中に何度も登場する卓球のシーンである。ある日、東京の仲田宅で、野島と仲田は卓球をするが、二人とも下手でラリーが続かない。そこに杉子が帰宅、野島の相手をする。

〈杉子は彼とは話にならないほど上手だった。しかし杉子は彼を翻弄しなかった。むしろ彼をいたわった。彼へは打ちいい球きり返って来なかった〉

杉子は手加減してやったのである。おめでたい野島はそれを好意と受けとるが、後日、鎌倉の仲田の別荘で、仲田の友人らもまじえた卓球大会が開かれる。杉子は強く、五人に勝った。〈本当にうまいのにおどろいた〉と男たちが褒めそやす。

野島の番が来た。すると大宮がいったのだ。〈野島の代理を僕がしましょう〉

試合は白熱戦となるが、卓球もテニスも得意な大宮は容赦せず、杉子を打ち負かしてしまう。杉子が大宮に恋をしたのは、この瞬間だったろう。自分を対等な対戦相手として扱ってくれた大宮。手加減を喜ぶ野島とは、残念ながら雲泥の差だ。

恋愛結婚至上主義の登場

にもかかわらず恋する相手の実像を見ず、卓球の腕も磨かず、妄想だけを膨らませる野島。単なるバカで片づけてもよいのだが、いちおう背景を見ておこう。

大正時代は恋愛論がブームになった時代である。

好きな人と結婚したい。今では当たり前のこの概念は、戦前においては必ずしも一般的ではなかった（序章でも述べたが、恋愛結婚の比率が見合い結婚を超えるのは一九六〇年代の高度経済成長期である）。結婚は家と家との結び付き。恋愛結婚はレジスタンスに近い行動で、ゆえに「青鞜《せいとう》」は「自由恋愛」を主張したのである。

しかし大正期に入ると、北村透谷が主張した性愛分離論、「結婚は恋愛の堕落である」という無理筋な説に代わって、現実と折り合いをつける説が出てくる。

その代表格が厨川白村《くりやがわはくそん》『近代の恋愛観』（一九二二＝大正一一年）だ。大正一〇年九月～一〇月、朝日新聞に連載されたこのエッセイは、翌年単行本化されるとたちまち大反響を呼び、破格のベストセラーになった。

白村も透谷同様、恋愛至上主義者である。だが白村が説くのは、透谷とは逆の霊肉一致論である。〈恋愛なくして人間らしき生殖なく、生殖なくして人間の存在は絶ゆ。私は言ふ、放蕩乱淫は性慾の遊戯化である〉

「恋愛なき結婚は不道徳」だと白村はいう。恋愛は結婚で強化され、性や生殖も正統の価値を持ち、愛は永久不滅のものになるのだ、と。「ラブ・イズ・ベスト」という流行語まで生んだ、恋愛結婚至上主義である。

白村がいう恋愛結婚至上主義を、今日の社会学では「ロマンチック・ラブ・イデオロギー」と呼ぶ。簡単にいえば、「恋愛と性交と結婚」を三位一体の不可分な関係ととらえるキリスト教由来の思想である。後々にはこれが自由な生き方を縛る枷《かせ》として認識されるようにもなるのだけれど、大正期の恋愛結婚至上主義は、男女を対等な関係とみなし、互いへの愛を結婚の必要条件とする点で（それが実現するのはずっと先、戦後になってからだったとしても）、画期的な思想だったのだ。

恋愛論のトレンドに乗った小説

そこで話は『友情』に戻る。

〈女の人を見ると、結婚のことをすぐ思わないではいられない〉という野島は極端な恋愛結婚至上主義者、それもかなり歪んだ主義者である。結婚が先にあり、それに見合う相手を物色している点では現代のマッチングアプリと似ていなくもない。

『友情』が発表されたのは『近代の恋愛観』の二年前で、武者小路が厨川白村の論に直接影響されたとは考えにくいが、大正知識人の間では、家を主体にした旧弊な婚姻のあり方を疑問視し、恋愛を賞揚する言説は広く共有されていた。「見合い結婚」といっても、当時のそれは本人の意向を尊重せず、婚礼まで一度も顔を合わせなかったりする結婚だ。じつは離婚も多く、男女関係の見直しが迫られていたのである。

野島と大宮も、たびたび恋愛論をかわしている。

〈ともかく恋は馬鹿にしないがいい。人間に恋と云う特別なものが与えられている以上、それを馬鹿にする権利は我々にはない〉〈一たい他人の意志で結婚するのはまちがっているね。（略）いくら親でも他人の意志で結婚させられてはたまらないって〉

こんな恋愛談義が多数織り込まれた『友情』は、言論界のトレンドである恋愛論を逸早く先取りした「機を見るに敏」な小説だったともいえるだろう。

「新しい女」だった杉子

しかしながら、口ではいっぱしの恋愛論を語る野島は、実践面ではダメダメである。彼の妄想は自己中心的、かつそうとう具体的である。

〈彼は杉子と一軒家をもつことを考えた。杉子が自分一人にたより、自分一人に媚び、自分一人の為に笑顔をし、化粧をし、自分の原稿を整理し、自分の為に料理をつくり……〉と夢想する。さらに妄想はエスカレートする。〈自分の脚本は世界を征服する。自分の脚本の私演を杉子がやる。自分達二人は一緒に旅行する……〉

杉子との結婚と仕事上の成功が同時進行しているあたりが、妄想とはいえ図々しい。もっとも、同様の妄想にひたる男子は意外に多かったようにも思われる。なぜってこれは戦後も含めた、恋愛結婚至上主義の時代らしい妄想だからだ。

他方、杉子もやはり、この時代の娘らしい恋愛結婚至上主義者だった。同時に彼女は「青鞜」が広めた「新しい女」でもあった。

仲田家と大宮家はともに資産家で、双方の親が反対する理由はなかったかもしれないが、ともあれ親が結婚を仕切る時代に、杉子は自らの意思で結婚相手を選び、積極的なアプローチをかけ、愛する人のハートをみごと射止めたのである。

大宮宛ての杉子の手紙は情熱的で、当初〈野島をどうか愛してやって下さい。愛される価値のある男です〉と訴えていた大宮の気持ちは、しだいに杉子に傾いていく。

野々宮にふられて自暴自棄婚に走った美禰子のカタキを、杉子がとったかのようだ。美禰子さん待ってなさい、私は負けないわよ！　『三四郎』の敵を『友情』で打つ、である。

結婚は性欲を満たす手段？

注意すべきは、作者もじつは野島を「イタイやつ」「哀れなやつ」と見ていた節があることであろう。「悪い例」として提示した可能性もある。

武者小路は『お目出たき人』（一九一一＝明治四四年）という、『友情』の叩き台ともいうべき、おかしな中編小説を先に書いている。

これは語り手の「自分」が一言も話したことのない女学生に恋をし、結婚したいと思い詰め、人を頼んで求婚したものの、二度三度と断られ、彼女が人妻になったことを最後に知るという、『友情』のショートバージョンみたいな失恋小説である。

失恋に至るまでの妄想の仕方がしかし、尋常ではない。

〈自分は女に飢えている。／誠に自分は女に飢えている。／残念ながら美しい女、若い女に飢えている〉という不穏なつぶやきにはじまり、かつて近所に住んでいた鶴という名の少女を思い出すや〈自分はその時分から鶴と夫婦になりたく思うようになった。鶴程自分の妻に向く人はないように思われ〉る。

あとはもう寝ても覚めても鶴鶴鶴。〈女そのものは知らない〉が〈女を知らないせいか、自分は理想の女を崇拝する〉といい、〈自分は誰かと結婚しない間は淫欲に誘惑される時手淫に逃れて行こうと思っている〉。半面、手淫もうしろ暗いので、〈自分はこの後《うしろ》ぐらい所をなくす為にも実は早く鶴と結婚したく思っているのだ〉。

表題が「お目出たき人」である点からしても、これは主人公を戯画化した一種のパロディである。二六歳にして童貞で、遊廓遊びも拒否している彼は、しかし〈女に飢えている〉ので早く結婚したい。彼にとっての結婚は、性欲を満たす合法的な手段なのだ。

野島はそこまで露骨ではないものの、やはり二三歳にして童貞で、遊廓遊びも否定している。結婚に対する過剰な願望の裏には、切実な理由があったとも考えられる。

一夫一婦制と家族の形

厨川白村も説いているように、恋愛結婚は一夫一婦を旨とする。

男子の身体的な特性からいっても、家の存続のためにも、一定の階層以上の男性が妻妾を持つのは当然である、とする旧来の結婚観を、それは打ち破るものだった。

欧化政策を図る政府も、一夫一婦制を推進した。日本で制度上の一夫一婦制が確立したのは一八九八（明治三一）年、民法の家族法制定の際である。

「妻は婚姻に因りて夫の家に入る」など差別的な規定も多い明治民法ではあるが、政財界のあまたの反対論を押し切って、明治民法に「重婚を禁ず」の条項が入ったのは大きい。「妻の座」はここではじめて法的に保障されたのだ。

ちなみに一九〇〇（明治三三）年五月に行われた、皇太子嘉仁《よしひと》（当時二〇歳。のちの大正天皇）と九条節子《さだこ》（当時一五歳。のちの貞明《ていめい》皇后）の婚礼は、一夫一婦制のデモンストレーションの意味もあったといわれる。

一夫一婦を前提とした恋愛結婚は、新中間層を中心に、夫婦と子どもだけの世帯である核家族（近代家族）が急増したこととも関係しよう。かつて親が勝手に子どもの結婚相手を決めたのは、息子の妻は家の嫁、結婚する本人の意向は二の次だったからである。しかし核家族の場合、当人の意向ぬきに、幸せな結婚生活が成立するとは考えにくい。

『友情』が戦後も読まれた理由

『友情』が青春小説、恋愛小説の金字塔として、戦後長らく中高生の必読図書に祭り上げられたのはなぜだったのか。

理由のひとつは、きわめて読みやすい日本語で書かれていたことだろう。言文一致体の祖とされる二葉亭四迷『浮雲』は、そうはいっても今日の感覚では古めかしい。白樺派が果たした大きな役割のひとつは、言文一致体を完成させたことだった。

もうひとつの理由は『友情』が描き出した世界観や恋愛観が、むしろ戦後のそれに近かったことである。若い男女がまじって卓球に興じる風景も、野島が杉子との恋愛結婚を切望するさまも、戦後の若者たちには当たり前の光景だろう。したがって野島の手前勝手な妄想や懊悩も、身近に感じられたのではないか。

野島の場合はしかし、ライバルが強力すぎた。物語は、大宮にもらったベートーベンの石膏マスクを野島が庭石にたたきつけて割るところで終わる。印象的な結末である。〈君よ、仕事の上で決闘しよう〉という野島の決意でテキストが幕を閉じるのは『友情』がまぎれもない青春小説だった証拠である。そうだ、野島よ、君はバカだが、人生はこれからだ。青年はこのようにして成長していくのである。

岸本捨吉の屈託——島崎藤村『桜の実の熟する時』（一九一四＝大正三年）

私小説はカミングアウト小説

大正期の文学シーンで白樺派以外に特筆すべきは「自然主義」である。またの名を私小説。エミール・ゾラなど、元来の西欧型自然主義は克明に事実を書き写す写実主義だったのだが、日本では作家が自らの内面を書く暴露主義に転換してしまった。

私小説は自伝的小説とは微妙に異なる。自分史とも異なる。本当は隠しておきたい事実を書く。あえて自分の恥辱をさらす。それが私小説の奥義で、時にはそこに贖罪《しょくざい》や懺悔《ざんげ》の意味が含まれる。今風にいえばカミングアウト小説だ。

大正期の自然主義を代表するのは、田山花袋と島崎藤村である。とはいえネームバリューのわりに、島崎藤村はいまやほとんど読まれていない文豪である。致し方あるまい。暗い、まどろっこしい、サービスが悪いと、藤村は三拍子そろっている。

叙情的な第一詩集『若菜集』でデビューした藤村は、その後、社会派小説『破戒』で文壇の高い評価を得たのだが、なぜか方向転換、『春』（一九〇八＝明治四一年）で突然、自分の若い頃のことを書きだした。『桜の実の熟する時』（一九一四＝大正三年。以下『桜の実』）は『春』より前の時期、作者の一〇代後半〜二〇代前半を描いている。

作者の青春時代の話だから、舞台は明治二〇年代。しかも描いているのはあくまでもパーソナルな青春、藤村個人の青春である。そこに普遍性はあるのかといぶかる読者を尻目に、藤村は巻頭で豪語する。〈これは自分の著作の中で、年若き読者に勧めてみたいと思うものの一つだ〉。たいした自信だ。そんな宣伝をして大丈夫か？

なぜか性格が変わった少年岸本

とまれ中身を読んでみよう。

物語は大きく二つの要素を持っている。ひとつは主人公の学校時代から社会人になった後までの学園および職業生活。もうひとつが恋愛問題だ。前者から見ていこう。

主人公の岸本捨吉は二〇歳。九歳のとき、一三歳上の兄とともに親元を出て上京。一年ほど姉の夫の家で世話になった後、知り合いの商家（田辺家）に寄留して東京の小学校を卒業し、キリスト教系の私立学校に入学した。作者とほぼ同じ経歴である。

ちなみに藤村が学んだのは白金の明治学院（現在の明治学院大学）。物語前半で描かれるのはこの学校時代の思い出だ。公立とは雰囲気の異なるハイカラな校風。捨吉は寄宿舎に入って、キリスト教の洗礼も受け、西欧式の学園生活を謳歌していた。成績もよく、東京言葉も身につけて、シティボーイ気取りだった。

しかし、入学二年後あたりを境に、彼は陰鬱な少年に変わってしまう。〈良家の子弟を模倣していた自分は孔雀の真似をする鴉《からす》だと思われて来た〉のである。以来何をやっても楽しめず、卒業する頃には成績も落ちてしまった。

なぜそうなったのかは謎である（これについては後述する）。

それはそれとして、卒業を控えた捨吉は、進路で悩んでいた。

〈自分等の前にはおよそ二つの道がある。その一つはあらかじめ定められた手本があり、踏んで行けば可い先の人の足跡というものがある。今一つにはそれが無い。なんでも独力で開拓しなければ成らない。彼が自分勝手に歩き出そうとしているのは、その後の方の道だ。言いがたい恐怖《おそれ》を感ずるのも、それ故だ〉

第一の道は、会社員コース。彼は寄留先の田辺の小父さんが経営する会社の横浜店に誘われていた。第二の父とも慕う恩人なので、むげにも断れない。

しかし、進みたいのはより困難な第二の道だ。彼は文学者志望なのである。在学中から書物に親しみ、何がしかを書いてもいた。その草稿は焼き捨ててしまったのだが。

なぜか旅立つ青年岸本

悩んだ末に、結局彼は第一のコース、横浜の店を選んだ。

くさくさした日々を送っていたところ、数ヵ月後、朗報がもたらされる。先輩の吉本が主筆を務める雑誌の手伝いをしないかと誘われたのだった。小父さんの許しを得、うきうき気分で東京に戻った捨吉。そこで彼は衝撃的な文章に出会った。

〈恋愛は人生の秘薬なり、恋愛ありて後、人世あり。恋愛を抽き去りたらむには人生の何の色味かあらむ〉。論文の書き手は青木駿一。四～五歳上の青年だった。

〈これほど大胆に物を言った青年《わかもの》がその日までにあろうか。すくなくとも自分等の言おうとして、まだ言い得ないでいることを、これほど大胆に言った人があろうか〉

青木のモデルは北村透谷《とうこく》、論文はくだんの「厭世詩家と女性」である。

まもなく捨吉は青木と意気投合。翌年の四月にはミッション系の女子校（明治女学校）に英語教師の職も得て、人生は明るい方向に向いてきた。生徒の中には捨吉と同年代か年上の女性もいて、最初は戸惑うも、夏になる頃には学校にも慣れてきた。

ところが、ここで突然、彼は不可解な行動に出る。

ある日、旅をしたいといいだして、せっかく手にした教師の職も青木に譲り、放浪の旅に出てしまうのである。な、なんで――？

葬り去りたい過去の記憶

というように、岸本捨吉にはイミフ（意味不明）な言動が少なくない。

謎はとりあえず二つある。

第一の謎は、学校時代の性格一変事件である。原因は、どうやら女性だったらしい。

『桜の実』は冒頭、じつはある女性との偶然の邂逅からはじまっている。

〈日蔭に成った坂に添うて、岸本捨吉は品川の停車場手前から高輪へ通う抜け道を上って行った〉。すると人力車が同じ坂を上がってきた。女性が乗っている。〈思わず捨吉は振り返って見て／「お繁さんじゃないか」／と自分で自分に言った〉

これが書き出し。「お繁さん」とは、五歳ほど年上の繁子。この一年ばかり捨吉が避けてきた女性である。彼女との関係はこんな感じだった。

〈斯の若い夫人と彼の親しみは凡そ一年も続いたろうか。／彼女の話し掛ける言葉や動作は何がなしに捨吉の心を誘った。旧い日本の習慣にない青年男女の交際というものを教えたのも彼女だ。初めて女の手紙というものをくれたのも彼女だ。それらの温情、それらの

親切は長いこと彼に続いて来た少年らしい頑固《かたくな》な無関心を撫で柔げた〉
彼は繁子が好きだったのだ。尊敬する英語教師の家ではじめて出会い、楽しい日々をすごした。だが今は〈再び繁子に近づくまいと心に誓っていた〉。イミフである。
〈葬り去りたい過去の記憶——出来る事なら、眼前《めのまえ》の新緑が去年の古い朽葉を葬り隠す様に——それらのさまざまな記憶が堪らなくかれの胸に浮んだ〉
二〇歳で「葬り去りたい過去」とは穏やかではない。何があったのだろうか。

原因は女性スキャンダル？

テキストは、事実を巧妙にはぐらかす。ここが藤村のズルイところで、恥辱をカミングアウトする私小説のはずなのに、藤村は肝心なことを書かないのだ。

真相を探るには、藤村の年譜でも参照すればよいのだろうが（日本文学研究が作家の実人生と作品をやたら重ねたがるのは藤村のせいではないかと私は疑っている）、年譜を参照したところで、わからないものはわからない。

ひとまず本人の弁を聞いてみよう。繁子に会った頃の捨吉は、男女が集う場に出入りして〈可憐な相手を探し求め〉ていた。ところが、ある日……。

〈儚《はかな》い夢はある同窓の学友の助言から破れていった。彼は自分と繁子との間に立てられている浮名というものを初めて知った。あられもない浮名。何故というに、其の時分の彼の考えでは少なくも基督教の信徒らしく振る舞ったと信じていたからである。繁子と彼との交際は若い基督教徒の間に行わるる青年男女の交際に過ぎないと信じていたからである。けれども彼は眼が覚めた。曽て彼を仕合せにしたことはドン底の方へ彼を突落した〉

これが捨吉が陰鬱な少年になった理由らしい。

ありていにいえば恋愛スキャンダルである。「あいつらデキてるよ」「二人はもうヤッてるさ」。そんなところだろうか。捨吉が傷ついたのは、少年らしい潔癖さゆえに「僕らの清い交際を汚された」とでも感じたためだろう。

それでもやはり不可解だ。「浮き名」くらいで人はそこまで変わるのか。

あまりにも不可解なので、新潮文庫版の註を書いている滝藤満義《たきとうみつよし》は〈これでは捨吉の変貌は理解しきれない〉として「浮き名」以外の原因をあげている。〈野心家政治少年であった捨吉〉は〈さらに大きい世界〉での成功を求めており、今の学校に満足していなかった。そして「捨吉ではない藤村」は、明治学院二年で一高を受験し、落ちている。

つまり受験の失敗が捨吉を変貌させたのだ、と。

なかなか突飛な異説である。しかし、こんな説も提出したくなるほど、繁子との捨吉の関係はわけがわからないのである。このサービスの悪さはただ事ではない。

恋愛恐怖症になった男

もう一件の謎は、ラストで捨吉が突然旅に出てしまった件である。

こちらにもじつは女性がからんでいる。捨吉は教え子のひとり、生徒ではあるが同い年の、勝子を好きになってしまったのだ。捨吉は悩む。

〈捨吉は教師だ。そして勝子は生徒だ。それを思うと苦しかった〉〈どうかして自分の熱い切ない情《こころ》を勝子に伝えたいとは思っても、それを伝えようと思えば思うほど、余計に自分を制《おさ》えてしまった〉〈勝子を見るにも堪えられなくなってきた〉

青春小説の主人公が、みんな直面する恋の悩みだ。

しかし、捨吉がとった行動はやはりイミフだ。勝子に一言の挨拶もせず、仲間うちに見送られて（金も借りて）学校を去るのである。

〈若くて貧しい捨吉は何一つ自分の思慕のしるしとして勝子に残して行くような物をも有《も》たなかった。僅かに、その年齢《とし》まで護りつづけて来た幼い「童貞」を除いては〉

意味不明である。じゃあその童貞でも捧げれば？

何もかも曖昧模糊。肝心なことを書かないため、『桜の実』はわけもわからず捨吉が大げさに苦悩する、奇っ怪なテキストになってしまっている。

ただし、ひとつ確実にいえるのは、彼が一種の恋愛恐怖症ないし女性恐怖症に陥っていること、そしてその恐怖が繁子からはじまっていることだろう。

女学校教師の口が決まったときから彼は不安だったのだ。〈女の子――それは捨吉に取っても長いこと触れることを好まなかった問題だ。無関心を続けてきた問題だ――無関心はおろか、一種の軽蔑をもって対《むか》ってきた問題だ〉

〈過ぎし日のはかなさ味気なさをつくづく思い知るようになったのも、実にあの繁子からであった。忘れようとして忘れることのできない羞恥《はじ》と苦痛《くるしみ》と疑惑《うたがい》と悲哀《かなしみ》とは青年男女の交際から起こってきた。何等の心のわだかまりも無しに、どうしてこの捨吉がもう一度「女の子」の世界の方へ近づいてゆくことが出来よう〉

ここで再び最初の謎に戻る。捨吉と繁子の間にはいったい何があったのか。

繁子との過去の謎を解く

〈若い基督教徒の間に行わるる青年男女の交際〉という以上、捨吉と繁子の間に肉体関係があったとは考えにくい（童貞だともいってるし）。恋愛関係だったかどうかもあやしい。だが捨吉が繁子にここまでこだわり、〈羞恥と苦痛と疑惑と悲哀〉とまでいっている以上、ことは性にかかわっていると見るべきではあるまいか。

第一に考えられるのは、捨吉が繁子に対して何かよからぬ行動をとり、ひっぱたかれるなどして気まずくなった可能性。「捨吉狼藉」説である。

第二の可能性はその逆。捨吉に対して繁子が何か性的な行動に及び、捨吉がそれを拒否したために、繁子の立場がなくなった可能性。「繁子狼藉」説である。

真相は藪の中である。可能性は五分五分だ。

しかし、いずれにしても、それは「汝姦淫するなかれ」に背く行為であり、まして捨吉と繁子は同じ教会のメンバーである。これを境に二人の間に超えがたい溝ができ、以後捨吉は繁子を避け、輝いていた学校生活も陰ってしまった……。

今日風にいうと、これは広義のセクハラ、レイプ、性暴力の類いに該当する。たとえ未遂に終わっても、それは被害者の心に深い傷を残し、拒否された時点で加害者の自尊心も傷つき、苦い後悔のもととなる。仮にそれが「浮き名」に関係していたとすればなおさらだ。女の子と近づくたびに、繁子との一件がフラッシュバックする。トラウマないしPTSDってやつである。それなら理解できなくもないが。

『桜の実』の後日談『春』の顛末

事実は確かめようがないので、謎解きはこのくらいにしておくけれど、捨吉の恋愛恐怖症は、野島のストーカー体質と同じくらいタチが悪い。それが、どのような結果をもたらしたかは、後日談に相当する『春』を読むとわかる。『春』は、捨吉が放浪の旅から帰ったところからはじまる。

逡巡しつつも彼は勝子と会う。そして今度は本気で恋心に火がつくのだ。〈さあ、こうして逢って話をして見ると、猶々声が聞きたくなる。彼は最早面影ばかりに満足することが出来なくなった。有体に言えば、勝子という人が欲しくなって来た〉

勝子も捨吉への思いを募らせており、切々たるラブレターを書き送ってきた。婚約者との間で揺れていた勝子の心が捨吉に傾き、婚約者にすべてを話して実家が騒ぎになったという話も伝わってきた。勝子は盛岡の実家に連れ戻されるらしい。

ここまで来たら「行け、捨吉!」である。ところが彼がとった行動は、教師らしく〈許嫁の人の許へ行くように、親の心を安んずるように〉という手紙を書いて、すべてを終わらせることだった。勝子が盛岡に発つ日が来た。〈「先生、いろいろ御世話様に成りました……」/こう言って、勝子は紅く泣腫れた顔を上げた。彼女はまだ何か言おうとしたが、それを言うことは出来なかった。/岸本は黙って、御辞儀をして、別れた〉

おわかりだろうか。恋愛がスタートする前に、彼は勝子を遠ざけることで、恋愛への道を自ら封じたのである。勝子の婚約者は前途ある植物学者で、客観的に見れば「捨吉なんかよりそっちが正解」ではあるものの、勝子はどれほど傷ついただろう。

ちなみに『春』は、岸本捨吉（モデルは藤村）と青木駿一（モデルは北村透谷）の二人が主人公になっており、青木パートのほうが俄然おもしろい。

恋愛教のカリスマである青木は、家庭人としては最低だった。そして妻の操と三歳の娘を残し、自ら命を絶つのである。呆然自失する捨吉に、さらなる追い打ちがかかる。勝子の訃報である。妊娠中の悪阻《つわり》をこじらせた末の急逝だった。

友と愛する人を失った捨吉は、こうしてまた旅に出る。運よく仙台の学校に教師の口が見つかったのだ。またも東京からの脱出。時に岸本捨吉二五歳。その彼が〈ああ、自分のようなものでも、どうかして生きたい〉と呟くところで『春』は終わる。

逃げる捨吉、追う野島

あらためて青春小説としての『桜の実』を振り返ってみよう。

捨吉の最大の問題は、逃亡癖である。ことがこじれるたびに彼は逃げる。

繁子と再会しながら、ここそこ避ける物語の冒頭もそう。勝子に何も告げずに学校を去るラストもそう。勝子が一大決心をして許嫁にすべてを打ち明けたのに、その思いを踏みにじって仙台に逃げた『春』のラストもそう。「放浪の旅」「失意の旅」は一面では青春小説らしいモチーフだが、捨吉の場合は犯罪者の「高飛び」に近い。

ちなみに、藤村が『桜の実』を執筆していた場所はパリだった。実人生で姪を妊娠させ、いたたまれなくなって日本を脱出したためである（その顚末は『新生』に詳しい）。自身の逃亡中に、逃亡する男（過去の自分）を書く。捨吉のふがいなさを書くことで、藤村は過去を清算し、繁子や勝子への贖罪を果たそうとしたのかもしれない。

だが、それは作者の勝手な事情である。

ここで思い出すのは、大正の言論界でブームとなった厨川白村らの恋愛結婚賞揚論だ。『友情』の野島は好きな人への一方的な思いだけで突っ走る恋愛結婚至上主義者だった。捨吉は逆である。好きな人ができると、彼女の前から逃亡する。

逃げる捨吉、追う野島。

どちらも、相手の気持ちを一顧だにせず、自分の都合だけで動いている点では同罪である。だが捨吉は、野島のように無邪気になれない理由があった。恋愛結婚がどんな結末を迎えるかを、彼は知っていたからだ。友人・青木駿一（北村透谷）の例である。

恋愛結婚が向かう先

透谷（青木）は一八八八（明治二一）年、一九歳で当時二三歳だった石坂美那（操）と結婚した。美那は横浜共立女学校を出た才媛で、三多摩の名だたる政治家の娘。透谷と出会ったときには婚約者もいた。周囲の反対を押し切り、大恋愛の末に二人は結婚したのである。結婚と同時に彼はキリスト教にも入信した。透谷の女性観は先取的だった。互いを尊重しあう恋愛結婚のきわめて先駆的な例といえる。

ところが恋愛と結婚は別だった。彼はたちまち結婚に幻滅する。

その実態は『春』で詳しく書かれている（私小説といってもこれは三人称多元小説なので、青木や妻の操の視点も導入されている）。

娘が生まれて青木家の経済は逼迫《ひっぱく》した。しかし青木は理屈をこねるばかりで働かない。いくら頼んでも娘の面倒をみない。原稿は滞っている。実家の援助も断られた。操は近所の娘に裁縫を教えるなどしていたが、心身を病んだ夫はやがて……。

〈「ああ、お前も敗北者なら、俺も敗北者だ——奈何《どう》だね、いっそ俺と一緒に……」／操は呆れて夫の顔を眺めた。（略）「私は厭です」と操は力を入れて暫時考えた後で言った。「子供がありますから、私は厭です」〉

当たり前である。なんで夫が死ぬのに妻がつき合わなければならないのか。

だがその日から、操は夫の行状に注意を払い、家中の刃物を隠して回った。それでも青木は妻が目を離した隙に、自ら命を絶ったのだ。恋愛結婚の残酷な結末。

ここまできて、捨吉が勝子と二度も別れた理由が少しだけ見えてくる。最初の逃亡は予防的措置だった。〈勝子を見るにも堪えられなくなってきた〉彼は、繁子との一件を思い出し（たぶん）、ヤバイと思って消えたのだ。

二度目の別れはもっとシビアだ。勝子が婚約者に捨吉のことを話したのは「破談になってもいい」と覚悟したからだろう。それを察知した時点で、捨吉は「引いた」のだ。このまま進めば自分が責任をとらされる。しかし自分には彼女を受け止める甲斐性も自信もない。結婚が不可能である以上、恋愛にも終止符を打つべきだ、と。

まことに身勝手な結論である。それならそうと、たとえ修羅場になっても勝子と膝をつき合わせて話し合うべきだった。『友情』の野島といい、『桜の実』の捨吉といい、青春小説の主人公は「向き合わない男」だらけである。捨吉のすべての言動は、一人で勝手に結論を出して逃亡する「保身」に由来している。恋愛以前の問題である。

成功しなきゃ結婚できない

野島と捨吉を縛っていたのは「恋愛のゴールは結婚」という観念だろう。これによって恋愛は「ホレたハレた」ではすまない領域に入ってしまった。

注意すべきは当時の結婚観である。大正期に広まった新しい家族像は「男は外で働き、女は家を守る」という、性別役割分業を前提とした核家族（近代家族と呼ばれる）だった。

現在ではごく一般的な家族観だけれども、こうなる前は、農家であれ商家であれ、一家総出で働くのが当たり前だったのである。「サラリーマンの夫＋専業主婦の妻」という家族像は大正期からのもので（それが一般化したのは戦後）、一九一七（大正六）年に創刊された『主婦之友』はこのような家庭を念頭に置いた雑誌だった。

「妻子を養う経済力がなければ結婚する資格がない」という現在に続く結婚観も、そこからはじまったといえるだろう。今日の少子化の最大の原因とされる晩婚化・非婚化の進行も原因は同じ。「好きなんだから一緒に暮らそうよ」でいいはずなのに、「成功しなきゃ結婚できない」とみな考える。考えすぎて恋愛もできなくなる。

捨吉が囚われている恋愛観・結婚観もこれだった。

今の自分に彼女を愛する資格はない、と彼は考えた。だが文学で身を立てたいという思いに反して、いっこうに芽は出ず、将来も見えない。

〈若くて貧しい捨吉には何一つ自分の思慕のしるしとして勝子に残して行くような物をも有たなかった〉とは、「資格がない」と考えた青年の落胆の表明といえる。恋愛の成就と、職業的な達成をゴチャゴチャにしてしまった人の悲劇である。

岸本捨吉は世代的には明治の青年だが、中身は大正的である。それは彼が多感な少年時代をミッションスクールですごし、卒業後もミッション系女学校の教師だったことと関係しよう。厳格な性道徳、恋愛結婚至上主義、一夫一婦制、愛を基調にした家族……。大正期の日本で急激に広まった思想も、もとはといえば西欧のキリスト教由来である。そうした思想に早く親しんでいた捨吉は早すぎた大正ボーイだった。

とはいえるのだが、だからといって、捨吉の行動が感心できないことに変わりはない。〈これは自分の著作の中で、年若き読者に勧めてみたいと思うものの一つだ〉という藤村の宣伝文句は「反面教師にしてくれ」の意味と受け取ることにしよう。

ひとつ余談を。北村透谷の妻だった美那のその後についてである。

透谷が命を絶った五年後、美那はアメリカに留学し、八年後に帰国した後は女子師範学校や高等女学校で英語を教えながら、晩年は透谷の詩の英訳なども手がけ、七八年の生涯を全うした。彼女の結婚生活はたしかに悲惨だった。しかし、少女期から晩年までを俯瞰すれば、美那こそが「新しい女」の先駆者だったように思われる。

三好江治の挫折——細井和喜蔵『奴隷』（一九二六＝大正一五年）

プロレタリア文学の登場

大正期は華やかなモダニズム文化が花開いた時代である。と同時にそれは、資本主義が必然的にもたらす結果として、持てる者（資本家）と持たざる者（労働者）の格差が著しく広がった時代でもあった。『友情』のように別荘で優雅な休暇をすごすブルジョアな若者たちが現れた一方、劣悪な労働環境の下であえぐ若者たちもいた。大正末期から昭和初期にかけて労働争議が多発したのは、当然の帰結といえるだろう。

白樺派、私小説と並んで、大正〜昭和初期を彩った文学の新しい潮流、それは「プロレタリア文学」である。またの名をマルクス主義文学。

現在は小林多喜二《たきじ》『蟹工船』くらいしか知られていないプロレタリア文学だけれども、一九二〇〜三〇年代の文学シーンでは私小説と同様、破竹の勢いを保っていた。

『様々なる意匠』でデビューした文芸評論家の小林秀雄は、自然主義（私小説）とプロレタリア文学（マルクス主義文学）の両方を激烈に批判したことで知られる。〈私は「プロレタリヤの為に芸術せよ」という言葉を好かない〉（「様々なる意匠」）が、私小説はどうかといえば〈楽屋話は要するに楽屋話だ〉（「私小説論」）。

気鋭の批評家が標的にせざるを得ないほど、この二つは当時の流行だったのだ。ちなみに『蟹工船』（一九二九＝昭和四年）はオホーツク海で操業する工場を兼ねた大型漁船が舞台で、意外にもポップな文体で読ませるモダニズム色の濃い作品である。ただ、いかんせん労働者の群像劇なので、個人の思想や人生にまでは踏み込んでいない。

『女工哀史』の著者の青春小説

で、この作品。細井和喜蔵《わきぞう》『奴隷』（一九二六＝大正一五年）と続編の『工場』（一九二五＝大正一四年）である。といっても、知らない人がほとんどだろう。二〇一八年に岩波文庫に収録されるまで、この二冊は古書ですら手に入りにくい幻の作品だった。

細井和喜蔵は『女工哀史』（一九二五＝大正一四年）の著者である。紡績工場の非人間的な労働現場を克明に描いたこのルポルタージュは、和喜蔵のデビュー作であり、出版と同時に大きな反響を呼んで、空前のベストセラーになった。ところが『女工哀史』が出版されたわずか一ヵ月後、和喜蔵は二八歳の若さで病死してしまうのである。

『奴隷』『工場』は『女工哀史』のヒットを受けた出版社（改造社）が、和喜蔵が残した原稿を死後に書籍化したもので（出版順としては『工場』が先に『奴隷』が後に出た）、内容的には、作者の体験に基づく自伝的小説である。と同時に、さまざまな女性労働者の姿を描いた小説版『女工哀史』としての側面も合わせ持つ。

丹後ちりめんで有名な京都府加悦《かや》町（現与謝野町）で生まれた和喜蔵は、自身も生涯、工場労働者だった。その傍ら文学も志し、夜間の職工学校で工業技術を、友愛会（日本初の横断的労働組合）が開設した日本労働学校で社会科学を学んでいる。

『奴隷』『工場』という色気のないタイトルはどうにかならなかったかと思うが（もうちょっと工夫してよね改造社！）、高学歴エリートが主流を占める文学界で、真性の工場労働者を主人公にした青春小説は珍しい。さて、その中身やいかに。

出世を夢見て旅立つ少年

主人公の三好江治《みよしこうじ》は、作者と同じ加悦に生まれた少年である。

幼い頃に父を失くし、母は五歳のとき病を苦に自殺した。以来祖母、曽祖母と暮らしてきたが、家計は苦しく、小学校卒業を待たず、数え一三歳（満一一歳）で近隣のちりめん織屋「駒忠《こまちゅう》」に奉公に出た。半年後、祖母も死去。時は明治末。『奴隷』の前半（一・二編）は、駒忠で少年工として働いた一六歳までの江治を描いている。

製糸（蚕の繭から絹糸をとる）、紡績（綿花を紡いで綿糸にする）、織布（紡いだ糸を織って布にする）などの繊維工場において、主力の労働力は女工である。だが、どんな工場にも男工はいた。彼らの仕事は機械のメンテナンスや修理で、女工の仕事が熟練を要するのと同様、男工にも高い技術が求められた。

ちりめんは高級絹織物の一種で、丹後地方（日本海に面した京都府北部）の特産品だ。この時代はイタリアなどに輸出され、染色されるのが一般的な工程だった。

江治の立場はちりめん製造の技術見習い。実際にはあらゆる下働きをやらされるも、機械工としての腕も磨いた。だが一六歳になった頃、彼は一大決心をする。〈僕は出世するために大阪へ行ってくるでなあ〉。亡き母と亡き祖母に向かって彼は語りかけた。〈駒忠さんに置いてもらっとってもちっとも成功する見込みがあれへんで、あっちへ行って偉い者になる。ほうして銭儲けして分限者《ぶげんしゃ》（註・金持ち）になって、人に見下げられとうない。三好の家はきっと興してみせる〉

都会へ行って一旗揚げよう。江治もやはり近代の少年だった。かくて曽祖母にだけ別れを告げ、彼もまた旅立つのだ。三四郎が漠然とした学者への夢を、『青年』の純一が身のほど知らずの作家への夢を抱いて故郷を旅立ったように。
目指すは大都市・大阪。『奴隷』の後半（三・四編）は大阪時代の物語である。

運命の人との出会い

彼がねじ込むようにして入った先は、浪華《ろうか》紡績株式会社西成工場。紡績から織布までを一貫生産する、三〇〇〇台の力織機《りきしょっき》を備えた大工場だ。小幅《こはば》織機と広幅《ひろはば》織機の差こそあれ、腕に覚えのある江治はたちまち仕事を習得する。

そして江治は運命の人に出会う。同世代の女工・林菊枝である。

〈あんた、やっと昨日入ったばかりで独り経掛けするなんて、経験者やろ？〉

そんな風に話しかけてきた菊枝は、奈良県郡山の出身。江治が機械に手を巻きこまれて大けがをし、菊枝が見舞いに訪れたのをキッカケに二人は急速に親しくなる。〈うちが寄宿やなかったらあんたせわしてあげるのになあ……〉と菊枝はいった。

一四時間労働の傍ら、江治は職工学校の夜学に通いはじめた。町でキリスト教の伝道師に出会い、教義に共鳴して教会にも通いだした。基本、おっちょこちょいなのである。

彼は菊枝に自分の夢も話して聞かせた。改良型力織機の発明である。

〈きっと、僕その織機を完成させてみせます。（略）最高の目的として僕たち工業青年は大発明をやることです〉。それは世界的な発明だ、なんて大きな成功だろう。それさえ完成すれば、女工も長時間労働から解放される。

興に乗って演説しているうち、江治はつい口がすべってしまう。

〈あのう、貴女に恋しています。貴女を真心から愛しています〉〈僕はうんと勉強していつぞや貴女が言った工務係（註・会社の事務職）よりもっともっと成功してみせるから、貴女は僕を愛しておくれることはできませんか？〉

どストレートな先制パンチ！　悩むばかりで愛する人を取り逃がした三四郎以下歴代の主人公たちは、なぜ江治のようにできなかったのか、逆に不思議なくらいである。

工場労働者の恋と結婚

江治と三四郎らとの違いは育った環境であろう。一〇代前半から織布工場で働いてきた江治はいつも大勢の女工に囲まれていた。女性は畏怖の対象ではなく生身の人間で、事実、駒忠時代から、悲惨な例も含めて、彼は多様な人間模様を見聞きしてきた。

〈仲間の職工たちはよく結婚するのであった〉と語り手はいう。

〈「誰それと誰やんが肩入れしたげな」という噂が工場へ広まると、一ヵ月の後にはもうその男工と女工は結婚してしまう。二十五にもなった男子で、妻をもたぬほどの者はまず皆無といっていいくらい。仲間の結婚はよく破綻した。しかしながら新婚当時若夫婦の共稼ぎは、とにかく独身者《ひとりもの》から見れば幸福らしいのだった〉

恋愛結婚の是非で揺れていた知識階級とは、まるで異なる恋愛や結婚のルールが、労働者の間ではすでに確立されていたことがわかる。結婚後も基本共働きだし、名家ほど家に縛られてもいないので、結婚への障害は特にない。『友情』の野島や『桜の実の熟する時』の捨吉のような、中産階級的結婚観からも彼らは自由だった。

早婚の背景には別の理由もあったと語り手は付け加えている。彼らの安い賃金では〈紅灯の巷へ出入りする余裕は与えられ〉ず、〈禁じ難い性欲の放泄を結婚に求めるよりほかに道がなく、遂に本能の前に理性を失う〉のだと。

若い男女がまじりあって働く職場だ。職場恋愛が職場結婚に発展するケースは珍しくなかっただろう。まして男工と女工の数は圧倒的に不均衡だから、若くて仕事のできる男工はモテモテといえた。ホモソーシャルな男子校で純粋培養された同世代の青年たちと比べて、江治の恋愛偏差値が多少高くても不思議ではない。

とはいえ江治はおっちょこちょいだが、根は生真面目な青年である。彼には夢があったし、性欲に溺れる同僚をひそかに軽蔑もしていた。

結婚といっても〈僕がもっともっと勉強して発明も完成し、あっぱれ出世して一家を持

つ能力が出来てからのことだから、ずっとずっと先かねえ……〉
〈うち、その時はきっと貴方のお嫁になるよって〉と菊枝も応じた。同僚を軽蔑し、キリスト教思想に感化されていた江治は、それまでは互いに貞操でいようとも約束した。
ところが、この微笑ましい恋愛は、まさかの破局を迎えるのである。

破局から自殺未遂へ

〈江ちゃん、発明はいつになったら出来るの?〉〈本当に出来るって、決まっているの?〉。それとなくせっつく菊枝。〈三十までにきっと〉と江治はいい、社会変革まで含んだ気宇壮大な夢を語って聞かせた。友愛会の演説を聞いて感激した彼は、例によって世界観が一変、組合にも加入したのである。だが時は刻々とすぎてゆく。

江治が数えで二〇歳になった年、菊枝は突然、工場から姿を消した。

そして江治も、突然の解雇をいいわたされる。〈君はあの工をどこかに隠しよったろ〉〈労働組合に入りよったやろ?〉というのが理由だった。

失意の中で菊枝の居所を探し歩くうち、彼は菊枝が〈堂々たる令嬢か女優みたいな艶麗《あで》やかな姿〉で、工場長と同じ自動車に乗っている姿を目撃する。

〈菊枝さん!〉〈ゆるして江治さん!〉。呆然として江治は考える。

〈ええい、菊枝去らば去れ。こんな男らしい、貴い、偉大な、人道的な僕の事業に共鳴のできないような平凡な女は、豚にやってしまう!〉〈今に見ろ、いんまに見ておれ。世界的な偉人になって驚かせてやるから――〉

そんな江治を、さらなる悲運が襲った。具体的な設計図まで描いていた改良型自動織機が英国で発明されたと、繊維工業専門誌の翻訳論文で知ったのだ。

失恋と、長年の夢の挫折。

〈発明しようとすれば何度となく他人に先を越されてしまい、恋すればまた相手を横取られる。こうして智力と金力のない彼はいつも強い者に敗けねばならない。彼が行こうとする道は片っ端から暗黒に鎖《とざ》されてしまった。八方塞がりであった〉

こうして彼はついに自殺を図るのだ。菊枝と訪れた思い出の海に身を投げて。結果的には助けられ一命をとりとめるも、それは彼の人生観を一変させる出来事となった。

女の裏切りというモチーフ

小学校を五年で中退した一介の労働者といっても、知力において江治は同時代の高学歴青年になんら劣るところはない。早くから人生経験を積んできた分、勉強ばかりしてきた同世代の青年たちより、ずっと大人かもしれない。

それでも彼は、他の主人公と同じパターンに陥るのだ。

青春小説の王道パターンは次のような物語だと「序章」で申し上げた。
①主人公は地方から上京してきた青年である。
②彼は都会的な女性に魅了される。
③しかし彼は何もできずに、結局ふられる。
多少の異同やバリエーションを含みながらも、ここまで見てきた六編はおおむねこのパターンに当てはまる。ひと言でいえば、青年の失恋の物語である。

問題はしかし、なぜみんな失恋するのか、だ。

彼らの失恋には、じつは同じモチーフが隠れている。すべて「第二の男」それも「自分より成功した男」が原因している点である。

『三四郎』の美禰子は、金持ちらしい男と結婚して三四郎たちの元を去っていった。『青年』では、坂井夫人が画壇の大物と関係を持っていたことが純一を打ちのめす。『田舎教師』では、初恋の美穂子は親友の郁治にとられるし、遊女の静枝はどこかの旦那に身請けされてしまった。『友情』で杉子が選んだのは、作家として成功した大宮だった。『桜の実の熟する時』では勝子に立派な婚約者がいると知り、捨吉は自ら逃げ出した。そして『奴隷』では将来を誓った菊枝が工場長に奪われるのだ。

以上から導き出される結論は「女は成功した男を選ぶ」である。

別言すれば女の裏切り、あるいは打算。〈ええい、菊枝去らば去れ〉という、菊枝に対する江治の罵倒にすべてが凝縮されていよう。

女は成功した男を選ぶ。これは近代文学ではわりとおなじみのモチーフだ。

夏目漱石『坊っちゃん』では、マドンナが婚約者のうらなり君を捨てて、教頭の赤シャツを選んだ。後に詳しく論じる尾崎紅葉『金色夜叉』は、銀行家の御曹司と結婚した恋人(宮)に裏切られたと感じた男(貫一)が復讐を誓う物語である。

思えば「女の裏切り」は、近代文学の祖、二葉亭四迷『浮雲』からすでにはじまっていたのである。主人公の内海《うつみ》文三《ぶんぞう》が失職したとたん、まもなく結婚できそうだった従妹のお勢は将来性がありそうな元同僚の本田になびく。

女が男を捨てる二つの理由

女はなぜ成功した男を選ぶのか。理由はわりと簡単。端的にいえば、女性の生き方が限定されていたせいである。男性にとっての「成功」が社会的な地位や名誉を含む職業的な達成(立身出世)なら、女性にとっての「成功」は、自分より地位が上の男と結婚する上昇婚(玉の輿)だ。職業選択の幅が狭く、結婚以外の選択肢が限られていた時代、女性にとって結婚相手は人生を決める最重要案件だった。

一九八〇年代のバブル全盛期、女性が男性に求める結婚の条件は「3高（高学歴・高収入・高身長）」といわれた。時代は変わり、令和のトレンドは「4低（低姿勢・低依存・低リスク・低燃費）」といわれている。高圧的な態度をとらず、妻に依存せず、堅実な仕事を続け、無駄な出費をしない。共働きが前提の今日においては、妻をどこまで尊重できるかがむしろ問われる。「俺さま」タイプは嫌われるのだ。

ただし、どんな時代でも、冷静な判断（好ましい条件）に唯一勝てるのは恋愛である。だから世の中には「なぜこの人と？」なカップルが溢れているわけだけれど、女性の結婚は今日でもとかく「条件」の問題として語られがちだ。

では、男性が結婚相手に求める条件は何だろうか。

容姿は欠かせない条件かもしれない。心理学者の小倉千加子は「結婚はカネとカオの交換である」と喝破した（『結婚の条件』）。至当な見解である。

だが、それを別にすれば、彼らが相手に求める条件は「自分の夢に付き合ってくれる人」であろう。三好江治はそれを顕著に体現した例といえる。〈僕の事業に共鳴のできないような平凡な女は、豚にやってしまう！〉と彼はいう。同情はするものの、相手は自分の夢に共鳴して当然と考えているあたりが「俺さま」である。

彼女には別の夢があるかもしれない、となぜか彼らは考えないのだ。だが彼女にも、彼女の都合があり、人生がある。〈江ちゃん、発明はいつになったら出来るの?〉〈本当に出来るって、決まっているの?〉。菊枝が放つこの強烈な台詞は「女の裏切り」が何に由来するかを端的に示している。

嫌いになったわけでもないのに、女が恋人を捨てる多くの理由は「待ちくたびれた」か「見限った」かだ。

お勢は次の仕事も決まらず不機嫌な態度をとり続ける文三を見限って、使えそうな本田に乗り換えた(『浮雲』)。美禰子は煮え切らない野々宮に業を煮やして(たぶん)、自暴自棄結婚をした(『三四郎』)。そして菊枝は、三年も四年も待たせる江治に付き合いきれなくなったのだ(『奴隷』)。心変わりだ、打算的だと罵られるいわれはない。それを「女の裏切り」と思わせるのが、男性を主役にした近代文学のマジックである。ヒロインたちは内心いいたかったろう。悪いのはそっちだっての!

再会を果たした江治と菊枝

『奴隷』『工場』の続きを見ておこう。

『奴隷』の末尾で自殺を図り、辛うじて生還した江治。続編の『工場』は彼の二〇歳から二三歳までの物語だ。東京に本店がある鐘ケ崎紡績大阪工場に入った江治は、一年後、再び浪華紡績に戻ってきた。そして菊枝と二年ぶりに再会するのである。
　菊枝は工場長の愛人兼事務員になっていた。堂島の本社の事務職員にしてやるという甘言に騙されて寄宿舎を出たが、妾宅をあてがわれ、本人の弁によれば〈親子ほども齢の違うあれのおもちゃになっていたのです〉。菊枝は切々と訴える。〈わたしの心は腐っていたのでしょう。どうかしていたのだと思います〉
〈江ちゃん！　うちをもう一遍愛してください〉
　菊枝が追いすがるのには理由があった。工場長に捨てられ、会社からもその日で追いだされるという。だが自分は多額の手切れ金を受け取った。その金で一緒に新生活をはじめようと訴える菊枝を、江治は冷たくあしらう。〈センチメンタルな述懐ですね〉〈新派ですねえ、貴女の言うことは〉〈もう遅いですねえ……〉
　江治が菊枝に冷たくするのも理由があった。彼は浪華紡績に職長（主任）として入っており、職場の改善に務める一方、会社に要求を突きつけていたのである。菊枝は会社の回し者ではないのか。〈俺さえ買収してしまえば争議は治まると思っているな〉
　そんなこんなの二人だったが、結果的に二人は縒《よ》りを戻す。
　ストライキの首謀者として工場を解雇された江治を、レストランのウェイトレスをしていた菊枝が見つけ、やり直そうと誘うのだ。〈わたしのお金を使ってちょうだい。貴方は汚れた金やいうでしょうけれど、それで貴方が生活していって労働運動をなされば、汚れた金も立派に潔められていって活きた使い方だと思いますわ〉

元カレの夢に再び付き合ってやろうというのである。ありがたい話ではないか。

『奴隷』『工場』が、他の青春小説と一線を画しているのは、第一に江治と菊枝が互いに体当たりでぶつかっていること、第二に経済の問題が彼らの恋愛や生き死にに深くかかわっていることである。特に菊枝の存在感はこの種の青春小説の中では際だっており、妄想の中で美化されたヒロインとの著しい対比を見せる。

小説はしかし、再び不吉な結末を迎える。いよいよこれからというとき、菊枝は肺病を病んで命を落としてしまうのだ。江治は菊枝を死に追いやった非人間的な労働制度への怒りを胸に上京を決意。『工場』は彼が梅田駅に立つ場面で終わる。おそらく作者は続く「東京編」も構想していたにちがいない。

フェミニストだった細井和喜蔵

作者の細井和喜蔵について補足しておきたい。

小説は江治が上京する直前で幕を閉じるが、和喜蔵はこの後、二三歳で上京。東京モスリン紡織亀戸工場に職を得て、同じ工場の女工・堀としをと二五歳で結婚（事実婚）。としをは和喜蔵の執筆活動に全面的に協力し、『女工哀史』の資料を提供する一方、身体を壊した夫を執筆に専念させるべく、工場の仕事も続けて家計を支えた。

後の回想録でとしをは次のように語っている（堀としをは和喜蔵の死の二年後、労農党の活動家だった高井信太郎と再婚［法律婚］、高井姓になった）。

〈三年間の同棲生活で一度もけんかしたことはなく、私が仕事に行っている間に洗濯をすましして、夕食の仕度もしてくれましたが、実に上手でした。きれい好きだったので室内はいつもぴかぴかにしていました。私が深夜業を十二時間働いてふらふらに疲れて帰ると、冬はふとんをあたため、夏は窓をあけてうちわであおいでくれて、「すまん、すまん」とあやまっていたのでした〉（高井としを『わたしの「女工哀史」』）

出会ってすぐ、ベーベルの『婦人論』を読むようにと彼女に勧めたりもした和喜蔵は、当時には珍しいフェミニストだったといえるだろう。〈二人は友情結婚したのですが、なによりありがたく感じたのは、男女は世界中に半分半分生れている、そして男女は同権であるといって、それを実行してくれたことでした〉と、としをも認めている。

『女工哀史』の小説版という意味合いもあった『奴隷』『工場』には、菊枝のほかにも実話に基づく印象的な女性が何人も登場する。中でも重要なサイドストーリーとして描かれた、江治と同郷の女工・お孝の流転は強烈である。

『奴隷』の前半で「駒忠」の主人にレイプされ、妊娠したお孝は、生まれた子どもを両親に託して大阪の浪華紡績に入るのだが、ここでもまた工場監督の工務係に言い寄られて彼の子を宿すのだ。が、男は上海に異動になり、困ったお孝は江治の友人・宮堂に近づいて、とうとう結婚にまで漕ぎ着けた。しかし、やっと射止めた夫は遊興に走って身を持ち崩し、工場で生まれた子どもは死産。不運が重なったお孝は、世話係の女性の虐待に抗ってついに傷害事件を起こし、逮捕されてしまうのだ。

過重労働、疾病、事故、過労死……。ありとあらゆる労働問題が凝縮された繊維工場だけれども、この小説を読むと、上司から女工へのセクハラ、レイプ、性暴力の類いがいかに多かったかに気づかされる。和喜蔵はそれにも我慢できなかったのだ。

日本型青春小説のパターン

あらためて、ここまで読んできた六編を振り返っておこう。

これらの青春小説に共通する重要なモチーフは「夢の挫折」と「失恋」である。

目指すところはそれぞれでも、上昇志向の強い青年が、自分の甘さを思い知り、恋した女性にも裏切られ、鼻っ柱をへし折られる。

それを痛々しいと感じるか、愚かなやつだと切り捨てるかは、読者によるだろう。

が、いずれにしてもいえるのは、好きになった相手に対する、彼らの対応のまずさである。なぜか彼らは相手と真正面から向き合わない。『奴隷』の江治と菊枝は一見うまくいったように見えるけれども、それは一方的に夢を語る江治に菊枝が「合わせてあげた」結果であり、ゆえに彼女も一度は工場長の誘惑になびいたのだ。

そして「向き合わない」という主人公の性質は、次章以降で見ていく恋愛小説にも当てはまる。『工場』のラストで菊枝が命を落とす物語の展開は、すでに日本型恋愛小説のパターンに片足を突っ込んでいる。『桜の実の熟する時』のラスト近くで、別れた勝子の訃報が届くのも同じである。なぜヒロインは死ぬのか。それが次のテーマである。

第３章　悲恋の時代

川島浪子の無念——徳冨蘆花『不如帰』(一九〇〇＝明治三三年)

明治期きってのベストセラー

明治期最大のベストセラーからはじめよう。

徳冨蘆花《ろか》『不如帰《ほととぎす》』(一九〇〇＝明治三三年)である。

伊香保温泉(群馬県渋川市)を訪れたことのある人なら、徳冨蘆花記念文学館をご存じだろう。この記念館は事実上「不如帰記念館」である。蘆花は熊本県の出身だが、伊香保の定宿で『不如帰』を執筆し、後にここで療養、ここで生涯を終えたのだ。

『不如帰』は兄の徳富蘇峰が主宰する「国民新聞」の連載小説(一八九八～九九年)で、単行本化されると、たちまち大評判となった。一九〇九年版の巻頭言が「第百版不如帰の巻首に」と題されていることからも、売れ行きの凄まじさがうかがえる。

それだけではない。明治四〇年代に至り、『不如帰』は大衆演劇や映画、流行歌などに転用され、各国語に翻訳されて世界中で読まれるまでになった。

先に種明かしをしておくと、『不如帰』は泣く子も黙る「難病もの」のルーツである。「難病もの」とは闘病記ではなく、難病がからんだラブストーリーである。

難病ものにはベストセラーになった作品が多い。

戦後の作品でいうと、大島みち子と河野《こうの》実《まこと》の往復書簡集『愛と死をみつめて』（一九六三年）があげられよう。七〇年代の作品としては、エリック・シーガル『ある愛の詩《うた》』（一九七〇年）が思い出される。近年でいえば、片山恭一『世界の中心で、愛をさけぶ』（二〇〇一年）、住野よる『君の膵臓をたべたい』（二〇一五年）がよく知られている。

いずれも驚異的な部数を誇り、映画も大ヒット、メディアミックスで成功を収めた作品である。『不如帰』はその先駆けだ。文語体なのでやや読みにくいのが難点だが、会話が多いこともあり、慣れれば全然大丈夫。文語体、恐るるに足らずである。

母娘の対立、嫁姑の確執

夫婦なのに純愛、夫婦なのに悲恋。それが『不如帰』の独特なところである。

主人公の川島浪子は数えで一八歳。子爵で陸軍中将の片岡毅の娘である。

浪子は八歳のときに実母と死別した。一年ほどして父が再婚。継母となった女性・繁子は英国留学の経験がある〈男まさり〉で派手な西洋風の人である。〈世なれぬわがまま者の、学問の誇り、邪推、嫉妬さえ手伝いて〉と語り手はいう。〈ああ愛されぬは不幸なり、愛することのできぬはなおさらに不幸なり〉。なさぬ仲の娘に継母は冷たかった。

しかし、ようやくその片岡家を出る日が来た。

この春、浪子は男爵で海軍少尉の川島武男と結婚したのである。親同士が決めた結婚だったが、二人は幸せだった。互いに一目で相手が気に入ったし、気も合っていたからだ。

幸せの絶頂、新婚旅行の場面から物語ははじまる。場所は春の伊香保である。

〈浪さん、くたびれはしないか〉〈いいえ、ちっとも今日は疲れませんの、わたくしこんなに楽しいことは始めて！〉ワラビ採りを楽しむ二人はラブラブである。

しかし、結婚後の浪子にはいくつかの不安があった。

ひとつは夫が年中家にいないこと。武男は海軍士官である。遠洋航海に出れば何ヵ月も帰れず、召集がかかれば、いつでもどこへでも飛んでいかなければならない。浪子の唯一の慰めは武男からの手紙のみ。二人は遠距離夫婦に近かった。

もうひとつの不安は、川島家の義母・お慶の存在だ。生前に巨万の富を築いた武男の父・通武はすでに他界し、今の川島家は義母が仕切っている。実家の継母は西洋風だったが、義母は昔気質で、家風が違っているうえに、義母はリュウマチ持ちでしょっちゅう癇《かん》癪《しゃく》を起こしている。武男が浪子をいたわるのも、浪子がなにかと武男の世話を焼くのも、義母は気に入らないのである。浪子の前途は多難である。

浪子、病で離縁される

明けて翌年の二月、浪子は風邪をこじらせた。〈わたしたちが若か時分な、腹が痛かて寝る事なし、産あがりだて十日と寝た事アあいません〉と義母はタカをくくっていたが、嫁がたびたび吐血するのを見て、さすがに心配になった。はたして三月、浪子は肺結核と診断された。

浪子は逗子にある片岡家の別荘にやっかい払いよろしく追いやられた。なるべく逗子には行くなと母に釘を刺されるも、横須賀勤務になった武男は、たびたび逗子の浪子のもとを訪れた。けれど浪子の容態は悪化するばかり。

義母の算段はそこにとどまらなかった。甥の千々岩《ちぢわ》安彦（従兄の武男に浪子を取られて嫉妬していた）に〈心配なのは武男君の健康です。もしもの事があったらそれこそ川島家は破滅です〉と意見されたお慶は、浪子を離縁するといいだしたのだ。

〈何もこちの好きで離縁のし申すじゃごあはんがの、何を言うても病気が病気――〉〈そのうちにはきっと卿《おまえ》に伝染すッなこらうけあいじゃ、なあ武どん。卿にうつる、子供が出来

る、子供にうつる（略）、川島家はつぶれじゃなッかい〉

この通り、お慶は鹿児島弁でまくしたてる猛母で、ラスボスと呼びたくなるような強烈なキャラクターである。『不如帰』はある意味、勧善懲悪劇なのだ。

むろん武男は全力で言い返した。〈母さん、今そんな事をしたら、浪は死にます！〉だが、ラスボスお慶は負けない。〈そいは死ぬかもしれン、じゃが、武どん、わたしは卿の命が惜しい、川島家が惜しいのじゃ！〉

結局、武男の留守中に離縁の話は進められ、浪子は実家に帰されてしまうのだ。

〈おお、浪か。待って――いた。よく、帰ってくれた〉

娘に甘い片岡中将は、邸内に療養のための離れまで建てて娘を迎えるが、浪子は川島家から送られてきた嫁入り道具一式を見て、はじめて自分が離縁されたことを知る。

一方、武男も、留守中に母が浪子を離縁したと知り、〈手紙一本くださらず、無断で――実にひどいです〉〈母さん、あなたは、浪を殺し、またそのうえにこの武男をお殺しなすッた。もうお目にかかりません〉と抗議するが、すでに後の祭り。

親同士が決めた結婚は、親同士の合意で勝手に解消されたのだ。

結核はロマンチックな病だった？

と、ここまでが『不如帰』の前半である。

難病もののルーツだけあり、結核という「不治の病」に浪子が冒され、愛する夫と引き裂かれる、それが物語のメインプロットだ。ただし、浪子と武男の前に立ちはだかった困難は本当は三つあった。①病魔、②家問題、③戦争である。

ひとつずつ、少し詳しめに見ておきたい。

まず、浪子を襲った結核という病気について。

一八八二年にコッホが結核菌を発見するまで、結核は原因不明の「不治の病」だった。しかも一九世紀は結核が世界的に猛威をふるった時代だった。産業革命で人口が都市に集中し、その人たちがまた郷里に帰る。感染拡大の条件がそろったためだ。

『不如帰』が発表されたのは、コッホが結核菌を発見した一六年後である。にもかかわらず肺病に関する診断は不正確で、世間の認識は進んでいなかった。

お慶が結核を「遺伝病」と認識しているのは、誤解の最たるものである。浪子が逗子にやられるのも、科学的な根拠に基づく「隔離」というより「転地療養」で、有効な治療法だったとはいえない。ちなみに、やはり難病ものである堀辰雄『風立ちぬ』などに出てくる結核病棟「サナトリウム」も、科学的根拠には乏しかったようだ。

文学にとっての結核はしかし、ただの「病気」ではなかった。それは、特別な才人や佳人がかかる神秘的でロマンチックな病とされたのだ。

アメリカの批評家スーザン・ソンタグは、一九世紀の結核は〈繊細さ・感受性・哀しみ・弱々しさの隠喩的等価物であった〉と述べている（『隠喩としての病い』）。

結核のロマン化に寄与したのが『椿姫』であり、プッチーニの歌劇『ラ・ボエーム』であり（どちらも薄幸のヒロインが結核で死ぬ）、日本でいえば『不如帰』だった。

初登場シーンで、浪子は〈色白の細面《ほそおもて》、眉の間《あわい》ややせまりて、頬のあたりの肉寒げなるが、疵《きず》といわば疵なれど、瘠形《やさがた》のすらりとしおらしき人品《ひとがら》〉と描写され、〈夏の夕やみにほのかににおう月見草〉にたとえられている。健康美の逆をいく美女である。

色白美女でスレンダーでひ弱で、しかも上流階級。「佳人薄命」を地でゆく浪子は、恋愛に憧れ、ロマンチシズムやセンチメンタリズムを好む明治四〇年代の煩悶青年や女学生の趣味にも合致し、憧れの的にまでなってしまった。

かくて確立した「悲劇のヒロイン」としての浪子の像。もっとも彼女が本当にそんなひ弱な女性だったかどうかは後で検討する。

二人を引き裂いた家制度

浪子と武男を不幸に追い込んだ第二の要因は家制度だ。

浪子を離縁するしないで、川島母子が激突した話はすでにした。〈卿は親よか妻が大事なッか。たわけめが。何いうと、妻、妻、妻ばかいいう、親をどうすッか。何をしても浪ばッかいいう。不孝者めが。勘当すッど〉。これが母の言い分である。一方息子の言い分は〈病気すると離別するなんか昔の事です。もしまたそれが今の世間の法なら、今の世間は打ちこわしていい、打ちこわさなけりゃならんです〉。

どう考えても正しいのは武男である。

正しいのは武男だが、二人の論争はこの当時の国家的論争を代弁するものでもあった。『不如帰』が世に出る直前の一八九〇年代（明治二〇年代）、言論界は民法をめぐって大揺れに揺れていたのだ（民法典論争と呼ばれる）。

民法は一八九〇年に公布されたものの、これは個人を尊重するフランスの民法を模範にしていたため、家や親を重んじる保守派が大反対。施行が延期されていたのである。保守派の主張は「民法出デテ忠孝亡《ほろ》ブ」（穂積八束《ほづみやつか》）の一言に集約されている。

しかし結局、一八九八（明治三一）年、『不如帰』の連載がはじまった年に施行された民法は、家中心のものになった。そのおかげで、戦後に新民法ができるまで、どれほど多くの人が不幸な目にあったかを考えると憤懣《ふんまん》やるかたない話である。

明治民法は、結婚の近代化（一夫一婦制、夫婦同氏、法律婚のみを結婚とするなど）の側面と同時に、家制度を固定化する側面ももっていた。相続権は長男にしかなく、家族の進退（結婚・養子縁組・入籍・除籍・転居など）はすべて戸主の同意を必要とするなどだ。夫婦愛が強調される半面、最後には家が勝つ。

こうした背景を考えると、川島家の母と息子の激論は世代間闘争でもあった。しかし、結局、浪子は離縁されてしまったわけで、川島家でも勝ったのは母だった。こちらもこちらで憤懣やるかたない話。いったい何をやってるんだ、武男は！

列車越しにすれ違う二人

二人を引き裂いた第三の要因は戦争である。

ちょうど浪子が片岡家に戻された頃、日清戦争が勃発したのである。

武男は海軍の軍人である。しかも少尉という将校だ。時は急を要していた。

急ぎ前線に赴いた武男。彼が乗る巡洋艦・松島は、黄海海戦で激しい攻防戦に巻き込まれ、敵艦の砲弾を受けて大ダメージを被った。部下や同僚の多くが戦死する中、武男は九死に一生を得るも、大腿部を負傷。佐世保の海軍病院に収容されてしまうのだ。

ケガは予想よりは軽く、まもなく武男は前線に復帰した。

しかし結局、この後二人は二度と会うことなく、浪子は息を引き取った。浪子の病がいよいよ悪化した際、武男は台湾にいて、臨終にも間に合わなかった。

〈浪さん、行って来るよ〉〈早く帰ってちょうだいな〉

逗子で交わしたこのやりとりが、結果的には二人の最後の会話になった。

すれ違い続けた二人が、物語の終盤、一度だけニアミスするシーンがある。

日清戦争終結後、遼東半島から凱旋した片岡中将は、病状が少しだけ軽減した浪子をともなって、京都旅行に赴いた。

東海道本線の山科駅から、東に向かう上りの列車に乗り込んだときだった。隣に神戸行きの列車が入ってきた。そして浪子は、隣の車中に武男の姿を発見するのだ。呉から艦船に乗船するため、武男は下りの東海道本線に乗っていたのだった。

〈窓に頬杖つきたる洋装の男と顔見合わしたり。／「まッあなた！」／「おッ浪さん！」／こは武男なりき。車は過ぎんとす。狂せるごとく、浪子は窓の外にのび上がりて、手に持てるすみれ色のハンケチを投げつけつ〉

すれ違う列車の窓越しに再会した二人。浪子が窓から投げたハンカチは、武男の手に届いた。そして窓から身を乗り出した浪子は〈武男が狂えるごとくかのハンケチを振りて、何か呼べるを見〉るのである。いったい何を武男は叫んだのか。

よく知られた『不如帰』随一の名場面である（このシーンが有名になったので、ハンカチが普及したという話まで残っているほどだ）。象徴的なすれ違いである。

病に伏せる浪子と、戦地にいる武男。もし戦争が起きず、武男が国内にとどまっていれば、二人の間にここまでのすれ違いは起きなかったはずである。二重三重の悲劇である。

千年も万年も生きたいわ

さて、あらためて二人の関係を検討してみよう。

まず武男である。この人は軍人で、いっけん逞しい人物のように思えるが、じつのところ口だけは達者だが、それ以上ではない人物だ。母と激突はしても、結局のところ母の言いなりになってしまう。マザコンといってもいいだろう。

いかに母がラスボスキャラの猛母でも、あるいは武男が公務最優先の軍人でも、自分の出処進退をすべて親任せにするなど、普通ならあり得ない。

しかも父亡き後、戸籍上、長男の武男は川島家の当主である。

〈女親じゃからッてわたしを何とも思わんな〉と母にスゴまれたら「ああ、そうだよ。だからこの件は僕が決める！」とスゴみ返せばよかったのだし、舅の片岡中将にも「なぜ自分の留守中に勝手なことをしたのか」と抗議すべきだったのだ。

〈浪子を思うごとにさながら遠き野末《のずえ》の悲歌を聞くごとく、一種なつかしき哀しみを覚えしなり〉とかいって、めそめそ泣いてる場合じゃないのである。

一方、浪子は思ったことを、わりとハッキリ口にする女性である。

結核の診断が下ったときの彼女の嘆きはすさまじい。

〈なおりますわ、きっとなおりますわ、――あああ、人間はなぜ死ぬのでしょう！ 生きたいわ！ 千年も万年も生きたいわ！ 死ぬなら二人で！ ねエ、二人で！〉

生に強く固執した台詞である。「死ぬなら二人で」という言葉は、夫をギョッとさせたにちがいない。〈浪さんが亡くなれば、僕も生きちゃおらん！〉と武男も応じてはいるが、この人は口だけ達者な人なので信用できない。浪子はもっと切実だ。

あなたが死ななければ〈わたくしだけ先に行って待たなけりゃならないのですねエ――わたくしが死んだら時々は思い出してくださるの？ エ？ エ？ あなた？〉

一緒に死ぬ気があるのかと迫る浪子。この時点で、彼女は自分が川島家を追いだされると予感していたのかもしれない。だから強調せずにいられないのだ。

〈死んでも、わたしはあなたの妻ですわ！ だれがどうしたッて、病気したッて、死んだッて、未来の未来の後までわたしはあなたの妻ですわ！〉と。

もう女になんぞ生まれない

さらにもう一ヵ所。事切れる直前の浪子の言葉も激烈である。

〈ああつらい！　つらい！　もう――もう婦人《おんな》なんぞに――生まれはしませんよ〉

もう女になんぞ生まれはしない。この重い台詞には二つの意味が考えられる。

ひとつは親の勝手で離縁された制度への抗議である。何の決定権もない、妻ないし娘という立場のふがいなさを、逗子の別荘にやられたり実家に帰されたりする過程で、彼女は思いっきり味わったはずである。

もうひとつは、マザコンの夫への不満である。

結婚に際し、浪子には浪子の夢があったはずである。だが、浪子は結婚当初から〈此家ではおかあさまが女皇陛下《クイーン》だからおれよりもたれよりもおかあさまを一番大事にするンだッて、しょっちゅう言って聞かされるのですわ……〉とこぼしていた。

ゆえに自分を守ってくれなかった夫への不満が、最後に爆発したのではなかったか。

娘に甘い父親に発病後も頼りきっていた浪子も、一面ではファザコン気味とはいえる。だが、彼女の場合、たとえ離婚が撤回されて婚家に戻ったところで、待っているのは以前と同じ義母との暮らしだ。行くも地獄、帰るも地獄。それが彼女の立場なのだ。

全体としていえるのは、生きたいと望む浪子の強い姿勢である。離婚後も、佐世保の病院にいる武男に手作りの見舞いを送ったり、すれ違う列車の窓からハンカチを投げたり、夫に対する積極的な行動が見てとれる。私が薄命の佳人？　冗談じゃないわよ、と彼女はいいたかっただろう。

悪女に仕立てられた二人の母

『不如帰』の登場人物には、じつはモデルがいる。

片岡中将のモデルは大山巌《いわお》、日清戦争時代の陸軍大将である。後妻の繁子は、津田梅子とともに米国に留学した当代随一のインテリ女性、大山（旧姓山川）捨松だ。

一方、川島家の亡き父・通武は警視総監として自由民権運動を弾圧し、後に山形県令や福島県令を歴任した三島通庸《みちつね》、お慶のモデルは妻の三島和歌子である。

ということは主役の二人にもモデルがいるわけで、浪子のモデルは二〇歳で夭折した大山信子、武男のモデルは信子の一〇歳上の三島弥太郎だ。蘆花は逗子で、両家にゆかりの婦人から信子らの話を聞き、フィクションにまとめたのである（「もう女なんぞに生まれない」という浪子のセリフも、そのとき聞いた言葉だと蘆花は述べている）。

ただし、史実は物語とはだいぶ異なっていたようだ。

武男のモデルになった三島弥太郎は軍人ではなく留学経験のある官吏（農商務省の技師）だし、大山捨松は作中の繁子とちがって、先妻の子どもたちに愛情を注ぐ良き母だった。離婚を先にいいだしたのも大山家で、お慶の描かれ方も濡れ衣だったようだ。

蘆花はつまり、片岡家（大山家）と、川島家（三島家）、両家の母を悪女に描くことで、ひとりの女性の死を希代のメロドラマに仕立て上げたのだ。

蘆花は二〇年後（一九一九年）になって、大山捨松と三島和歌子に形ばかりの謝罪をしているが、二人の人物像の歪曲には、大衆に迎合する徳冨蘆花のミソジニー（女性嫌悪）な気分が透けて見える。今日だったら名誉毀損は必至だろう。

結核が「不治の病」ではなくなるとき

大人気を博した『不如帰』はしかし、戦後、急速に読者を失った。

第一の理由は、家の存続のために離縁を強制されるという展開が、さすがにリアリティを失ったことだろう。「婚姻は、両性の合意のみに基いて成立し……」の日本国憲法二四条を受けて、一九四七年には民法も改正された。こうなると、お慶の出番はもはやない。

第二の理由は、結核が「不治の病」ではなくなったことである。

一九四四年に開発されたストレプトマイシンは結核の治療法を劇的に変え、一九五一年には結核予防法が制定されて、ＢＣＧワクチン接種がスタートする。スーザン・ソンタグも一九五〇年代以降、結核のロマン化はぴたりと止んだと述べている。

ただ、難病ものは戦後も生き延びた。というか、先にも述べたように、戦後にむしろ興隆した。結核の後をひきつぐ「ロマンチックな病」は、骨肉腫（骨のガン）や白血病（血液のガン）だった。それも現在では「不治の病」ではなくなっているのだが。

ここでひとつ仮説を。小説の中で病に倒れるのはなぜいつも女なのか、だ。

『不如帰』を読むと、その理由がおぼろげながら見えてくる。

物語において、浪子は病と戦い、武男は戦地で敵と戦っている。浪子が冒されているのが「佳人の病」なら、武男のケガは雄々しく戦った末の名誉の負傷だ。この対比は、世のジェンダー規範に合致する。つまり不治の病は「女らしさ」と相性がいいのである。仮に「男らしい死」があるとしたら、それは戦死だろう。

物語のラストは、武男と片岡中将が浪子の墓の前で和解を果たすシーンである。

〈武男君《さん》、浪は死んでも、な、わたしはやっぱい卿《あんた》の爺《おやじ》じゃ〉

軍人同士である義父と息子はここでいわば「男同士の絆」を結ぶ。墓の中の浪子は喜んだだろうか。「なによ、あなたは、私が死んだら僕も生きちゃおらんっていったじゃない。この嘘つき！」と案外、元夫をなじっているような気がする。

鴫沢宮の思惑——尾崎紅葉『金色夜叉』（一九〇二＝明治三五年）

拝金主義下の恋愛小説

徳冨蘆花『不如帰』に続いて、同じ時代のベストセラーをもう一冊。

尾崎紅葉『金色夜叉《こんじきやしゃ》』（一九〇二＝明治三五年）である。

熱海温泉（静岡県）を訪れたことがある人ならば、国道沿いの海岸に建つ「貫一お宮の像」をご存じだろう。『金色夜叉』の有名な一場面を再現した像である。

『金色夜叉』は読売新聞の連載小説だった。連載は明治三〇年から三五年まで、中断や再開をくり返しながら、断続的に足かけ六年も続いた（なので前編、中編、後編、続金色夜叉、続続金色夜叉、新続金色夜叉の六編からなっている）。それなのに完結前に作者が病没してしまったという、未完の大作である。紅葉は「硯友社《けんゆうしゃ》」という文学集団のボスだったので、大御所のイメージがあるのだが、『金色夜叉』の連載スタート時は三〇歳。享年は三五。明治の文豪はみんな若かったのである。

『不如帰』と『金色夜叉』は明治の二大大衆小説として、しばしばセットで語られてきた。どちらも演劇や映画になって日本中にブームを巻き起こしたベストセラー。どちらも男女の情がからんだ恋愛小説。文学史的には「家庭小説」と呼ばれるジャンルに属する。

しかし、二作の内容はだいぶ異なる。『不如帰』の中心的テーマが病と家なら、『金色夜叉』を貫くテーマは資本主義である。いいかえれば拝金主義。

物語の舞台は『三四郎』『青年』の少し前の明治二〇年代中頃からの六〜七年だ。『不如帰』と同じく文語文（本文は文語、会話は言文一致の雅俗折衷体）なので、とっつきにくいかもしれないが、美文独特の味わいがあるのも事実。無理をしてでも読んで損のない作品だ。

有名な場面はDVシーンの再現

主人公の間貫一《はざまかんいち》は一五歳で孤児となり、亡き父の知己・鴫沢《しぎさわ》隆三の家に寄寓して高等中学校（後の旧制一高）に通う学生である。年齢は数えで二四〜二五歳（満二二〜二三歳）。この夏には大学（東大）に進学する予定のエリートである。そんな貫一を見込んで、隆三も将来は貫一に家督を継がせ、一人娘の宮と結婚させるつもりでいた。

鴫沢の娘・宮は数えで一九歳（満一七〜一八歳）。美貌に自信があり、自分ならどんな玉の輿にも乗れると思っていたが、それはそれ。二人は婚約状態にあった。

ところがある日、宮に縁談が舞い込んだ。相手は裕福な銀行家の御曹司・富山唯継《とみやまただつぐ》。ダイヤモンドの指輪をひけらかす洋行帰りのダサい男だ。

貫一は驚く。だが、お前も承知してくれ、承知してくれたら洋行もさせてやると隆三は畳みかけてくる。意外にも、宮自身も結婚に異存はないという。

〈頼むべきは宮が心なり〉。半信半疑で貫一が熱海（宮は熱海で母と静養中だった）に向かうと、はたしてそこには母娘と一緒に富山唯継がいた。

〈婿が不足なのか、金持と縁を組みたいのか〉。いくら問い質しても、宮は〈堪忍してください〉としかいわない。芝居などで有名な台詞がここで登場する。

〈可いか、宮さん、一月の十七日だ。来年の今月今夜になったならば、僕の涙で必ず月は曇らして見せるから、月が……月が……月が……曇ったらば、宮さん、貫一は何処かでお前を恨んで、今夜のように泣いていると思ってくれ〉

失恋の哀切を切々と訴える名台詞。舞台だったら「イヨッ、貫一！」と声が掛かりそうな場面である。だが貫一は、元来こんな詩的な表現が似合う男ではない。

泣き落としでは通じないと知って、ついに彼はブチ切れるのだ。

〈それじゃ断然《いよいよ》お前は嫁《い》く気だね！　これまでに僕が言っても聴いてくれんのだね。ちええ、腸《はらわた》の腐った女！　姦婦！〉そして彼は宮を蹴り倒す。

これがくだんの名場面、学帽にマント姿の貫一と、蹴られた宮の姿を再現した「貫一お宮の像」の元ネタである。今日的にいえば、完全なＤＶ（ドメスティックバイオレンス）である。その像が観光名所になるって何なのよ、という話はさておき……。

怒りに火がついた貫一の罵倒はとどまるところを知らない。

〈宮、おのれ、おのれ姦婦、やい！　貴様のな、心変をしたばかりに間貫一の男一匹はな、失望の極発狂して、大事の一生を誤って了《しま》うのだ。学問も何も最《も》う廃《やめ》だ。此恨《このうらみ》の為に貫一は生きながら悪魔になって、貴様のような畜生の肉を啖《くら》って遣る覚悟だ〉

で、右の宣言通り、この一月一七日を最後に貫一は姿を消してしまうのだ。

貫一は時代遅れの「壮士」だった⁉

ここまでが『金色夜叉』の序盤（前編）である。近代文学の祖とされる、二葉亭四迷『浮雲』とよく似た構図だ。寄留先の娘と相思相愛になり→親も公認の仲だったのに→彼女も親も別の男に寝返り→主人公はみごとにふられる。「女の裏切り」のモチーフである。

だが貫一は『浮雲』の内海文三とも、『三四郎』以下、もんもんと悩む歴代青春小説の主人公たちともだいぶタイプが異なる。

第一に、彼は文学や芸術などに淫していない。理想と現実の間で悩んだりしないし、学者になりたい、小説家になりたい式の夢想もしない。彼はたしかに近代教育を受けた学歴エリートだが、小川三四郎や小泉純一のような知的な環境を有していないのだ。

第二に、したがって彼の内面は単純である（少なくともこの時点では）。〈愛情の無い夫婦の間に、立派な生活が何だ！　栄耀《えいよう》が何だ！〉と信じている点では、ロマンチック・ラブ・イデオロギー（恋愛と性交と結婚を三位一体とする思想）にどっぷり浸かった恋愛結婚至上主義者だが、教養人ではないので、同時代の北村透谷が唱えたプラトニック・ラブなぞとは無縁。彼の恋愛観は性愛一致の江戸時代と地続きだ。

貫一は宮との関係を「夫婦」と認識し、宮を「姦婦！」となじっている。「君は富山と寝たんじゃないか？」「それは姦通と同じだよ」と非難しているわけである。それは貫一の単なる早とちりだが、とまれ貫一と宮の間には肉体関係があったのだ。

ふつうに考えると、これは不可解な事態である。鴫沢家の当主・隆三にしてみれば、自分の一人娘（宮）に、いかに恩人の息子とはいえ、書生（貫一）が手を出したのだ。「いますぐ出ていけ！」と命じてもおかしくない事態である。

どんな手口でこの難局を彼がクリアしたかは不明だが、いずれにしても宮との婚約に漕ぎ着けた時点で、貫一は恋の実践者であり、勝利者だった。三四郎たちがなんで恋の手前でオロオロしているのか、貫一には理解できなかっただろう。

もっとも貫一が信じる「愛」はむしろ所有欲に近い。彼が宮をなじるのは、彼女が「他の男の所有物」になったからだ。貫一には「近代の青年」に特有の内省する習慣がない。だから宮の弁明も聞かないし、平気で宮を蹴り倒す。三四郎が、あるいは小泉純一や林清三が恋人を蹴飛ばす場面を想像できるだろうか。

前にも述べたように、近代の「青年」は「壮士」と呼ばれる武闘派の若者たちを反面教師として、明治二〇年代に登場した新しい若者像だった。その伝でいくと、直情的でマッチョな貫一は、むしろ時代遅れの「壮士」に近い。いいかえれば前近代人、騒げばことが解決すると思っている、恐れを知らない無邪気なコドモなのである。

宮が貫一をふった理由、その一

一方、宮はクールな近代人である。いいかえればオトナである。

なぜ宮は貫一を捨てて、富山唯継をとったのか。

〈婿が不足なのか、金持と縁を組みたいのか〉という貫一の問いに答えるなら、答えはおそらく「両方」である。貫一と一〇年も同じ屋根の下で暮らしてきた宮は、彼の性格を熟知していたはずである。親の前では優等生然としていても、じつは手が早いことも、怒ると歯止めがきかないことも、嫉妬深くねちっこいことも。

熱海でのくだんの問答にしてからが、貫一は十数ページにもわたって、くどくどしく宮に説教しているのである。痴話ゲンカとはなべて一方がまくしたて、もう一方が黙り込むというパターンに陥りがちとはいえ、それにしても、だ。

話を聞いてと何度宮が懇願しても、〈ええ、狼狽《うろた》えてくだらんことを言うな。食うに窮《こま》って身を売らなければならんのじゃなし、何を苦《く》んで嫁に帰《ゆ》くのだ〉と突っぱねる。〈一体貫一はお前の何だよ。何だと思うのだよ。鳴沢の家には厄介者の居候でも、お前の為には夫じゃないかい〉と責めたてる。〈宮さん考えて御覧、ねえ、人間の幸福ばかりは決して財で買えるものじゃないよ〉と言い含める。〈好い出世をして、さぞ栄耀も出来て、お前はそれで可かろうけれど、財《かね》に見換えられて棄てられた僕の身になって見るが可い〉と愚痴る。

ひと言で評すれば「ウザイ」である。

貫一は頑として、宮と向き合わない男である。日本型青春小説、日本型恋愛小説の主人公は概してみんな「向き合わない男」だが、なかでも貫一は群を抜いている。もし「向き合わない男選手権」があるとしたら、貫一はダントツで優勝であろう。

貫一が熱弁をふるえばふるうほど、宮の気持ちは冷めただろう。こんなのと結婚したら、ろくなことにならない、私の判断は正しかったわ、と。

宮が貫一をふった理由、その二

宮は計算ができる女である。彼女は自分の商品価値を知っている。かつて音楽学校（明治音楽院）に通っていた時分、ドイツ人のバイオリン教授に言い寄られるなどした経験から、自分の美貌は結婚市場で高く売れると知ったのだ。

宮にとっては、〈類多き学士風情を夫に有たんは、決して彼が所望の絶頂にはあらざりき〉で、貫一ごときはワン・オブ・ゼムのスペアにすぎない。〈女は色をもて富貴を得べしと信じたり〉の彼女は、もっといいカードが来るのを待っていた。

そこに富山銀行の御曹司・唯継が現れた。チャンスが来たのだ。

「ダイヤモンドに目がくらんだ」というけれど、宮の身になって考えてほしい。貫一と結婚して家を継いでも、待っているのはどうせ今までと同じ退屈な毎日だ。親の顔も貫一の顔も見飽きている。ならば外に出て冒険がしてみたい！

それだけではない。愛がすべてなんて思っていない宮は、唯継との結婚は鳴沢家にも貫一にもメリットがあると踏んだのだ。〈私は考えている事がある〉〈きっと貴方の事を忘れない証拠を私は見せるわ〉と彼女がいうのは、そのような意味と取るべきだろう。自分なら婚家の財産をもっと有効に活用してみせる。貫一も出世させてみせる！

宮は貫一などより野心家なのだ。それを前近代人の貫一は、全部潰したのである。「おのれ姦婦!」などという、くだらない嫉妬のおかげで。〈話があるから今夜は一所に帰ってください〉〈私は放さない〉〈蹴られてもいいわ〉と宮が必死で食い下がったにもかかわらず。

四年後の貫一と宮

ほんとのところ、宮が何を考えていたかはわからない。

しかし、彼女が自分の意思で自分の結婚を決めたのは事実である。自暴自棄婚をした『三四郎』の美禰子より、親の一存で離縁させられた『不如帰』の浪子より、ずっと現代的な女性といえるだろう。

ただし、宮には誤算があった。〈愛情の無い結婚は究竟《つまり》自他の後悔だよ〉とかつて貫一にいわれたように、新天地での生活はたいしておもしろいものではなかったのだ。

かくて物語の時間は、ここからいっきに四年後(中編)に飛ぶ。

高等中学校を中退し、鴫沢家も出た貫一は、ヤミ金の親玉ともいうべき高利貸し・鰐淵《わにぶち》直行《ただゆき》の手代になっていた。金の力を憎むがゆえの自虐的な選択だった。

一方、唯継に嫁いだ宮は、虚しい日々を送っていた。第一子を生後まもなく失った後は、子どもを持たないと決め、貞操を守っていた。夫にも暮らしにも不満はなかったが、隣の芝生は青く見えるという。逃した魚は大きいともいう。別れてはじめて、宮は自分が貫一をどれほど（意外と）好きだったか知ったのだ。

そんな二人が、ある日偶然、四年ぶりに再会する。

互いに大きな衝撃を受けながらも、ひと言も言葉を交わさず別れた二人だったが……。

立ち上がる宮、拒絶する貫一

明治二〇年代は金融資本主義の勃興期だ。富山のような新興ブルジョアジーが力をつけてきた時代であり、とりわけ銀行はその要である。貫一と宮の間に介入し、二人の仲を引き裂いたのは、暴力に近い金の力だった。宮が貫一を捨てて唯継を選んだのも、金の力を信じたからだ。経済が恋愛も人生も左右する、拝金主義の時代。

大半の近代文学が経済を無視するなか、『金色夜叉』はほとんど唯一、資本主義の荒波に翻弄される男女を描いた恋愛小説だといってもいいだろう。

四年の歳月は二人を変えた。前近代人のコドモだった貫一は、ダークサイドに落ちて冷徹なニヒリストになった。高金利で暴利をむさぼる高利貸しは、犯罪すれすれの悪徳金融業である。貫一は資本主義に復讐すべく資本主義の闇に手を染めたのだ。

一方、資本主義社会に相応しい、計算のできる女だったはずの宮は、有閑マダムになり果てていた。夫は金融のメインストリームにいる時代の寵児だが、彼女自身の経済的基盤はない。野心家の（たぶん）宮としては、さぞ悔しかっただろう。

とはいえ、ここで終わる宮ではない。貫一との偶然の再会は宮を再び活気づけた。

一年後、貫一が暴漢に襲われたと新聞で知った宮は、やさぐれた貫一を見るに見かねて、せめて謝罪したいと、五年ぶりに行動を起こすのだ。

実家の父母に「もう一度貫一に家督を継がせてやってくれないか」と懇願し（和解を申し入れた鴫沢父の提案を貫一は拒絶した）、貫一の親友・荒尾に面会の仲介を頼み（荒尾に断られた）、貫一に手紙を書き続けた（貫一は封も切らずに焼き捨てた）。

二年後、ようやく彼女は荒尾の仲介で貫一との対面をはたすが、待っていたのは、貫一の拒絶だった。〈何用有って来た！〉〈早く帰って貰いたい〉

それでも宮は食い下がる。〈私は全く後悔しました！　貫一さん、私は今になって後悔しました〉自分は死ぬ覚悟でここに来た。〈そうまで覚悟をして、是非お話を為《し》たい事が有るのですから、御迷惑でもどうぞ、どうぞ、貫一さん、ともかくも聞いて下さいまし〉

すると貫一は冷たく言い放ったのだ。

〈「六年前の一月十七日、あの時を覚えているか」／「…………」／「さあ、どうか」／「私は忘れは為ませんん」／「うむ、あの時の貫一の心持を今日お前が思知るのだ」〉

宮でなくても、のけぞりそうな台詞である。

別れてからの六年間、彼は自分を被害者だと思い続けてきたのである。宮を失ったのは自分の言動にも問題があったせいではないか、一方的に責めるのではなく宮の話も聞くべきだったのではないか……。「近代の青年」につきものの内省を貫一は一切しない。

六年たっても彼は成長していなかった。野蛮な前近代人のままだった。ゆえに結局、六年前と同じように、彼女の話を一切聞かずに追い返すのだ。〈ええ、殺れても可《い》い！　殺して下さい。私は、貫一さん、殺して貰いたい〉とまで取りすがった宮を振り捨てて。

宮に代わって叫びたい。このウスラトンカチが！

貫一・宮の行動の謎を解く

貫一はなぜ、ここまで失った恋に固執しているのか。

理由はおそらく「恋愛」以外の何も、彼が持っていなかったためである。

同じように失恋した『友情』の野島は〈君よ、仕事の上で決闘しよう〉と恋敵の大宮に宣言した。彼は文章家として立つ夢があった。菊枝に捨てられた『奴隷』の三好江治は、〈今に見ろ、いんまに見ておれ、世界的な偉人になって驚かせてやるから――〉と誓うことで、苦難を乗り切ろうとした。彼には発明という目標があった。

「今に見てろよ、俺だって」は失恋した人を立ち直らせる最強の原動力だ。ところが貫一には「宮と結婚して鳴沢家の家督を継ぐ」以外の将来像も夢もなかった。ゆえに恋を失うと同時にすべてを失ったのである。ヤミ金の世界でのし上がってやる、という野心でもあればまだ救いがあるが、彼は自分の仕事を軽蔑している。

やり直すチャンスはいくらでもあった。ことに女高利貸し・赤樫《あかがし》満枝《みつえ》はこの時代には珍しい辣腕のビジネスウーマンで、恋にも仕事にも積極的だ。好きになった貫一にも押せ押せモードで迫ってくる。だが「向き合わない男」である貫一は、〈私は一生妻という者は決して持たん覚悟なので〉だの〈私はその失望以来この世の中が嫌で、総ての人間を好まんのですから〉だのといいはって頑なに心を閉ざしている。人生を捨てているのだ。

一方、ではなぜ宮は、貫一にここまで固執するのか。

貫一を愛していたのは事実だろう。というより、おそらく宮は別れた後で、はじめて貫一に恋をしたのだ。やさぐれた男に惹かれるのは、よくあることだ。

でも、それだけだろうか。「富山と別れて、あなたとやり直したい」と宮は一度もいっていないのだ。「後悔している」「謝罪したい」のは事実だとしても、彼女が欲しいものはその先にあったのではないか。深読みといわれても、これほど彼を執拗に追い、話を聞いてくれとせがむのは、色恋だけが理由とは思えないのである。

〈貫一さんをどうかして上げたいの――あの時にそんな話も有ったのでしょう〉

と、貫一と再会した後、彼女は母に打ち明けている。

唯継との結婚に際し、ビジネスなのか何かほかのことなのか、ともかく彼女には何か目論見があったのだ。一度は潰れたその夢が、貫一と再会したことで再燃したとしたら？

ただし作者は、宮の思惑の中身についてはノープランだったように思われる。連載期間の長さからしても物語の時間から見ても、ここまで引っ張った以上、よほどのサプライズでなければ読者は納得しないだろう。ゆえに解答を先延ばしにし、結果的には作者の病死で解答は回避され、永遠の謎として残ってしまった。残念というほかない。

『黄金夜界』が描く、もうひとつの物語

少しばかり別の作品に寄り道したい。

異能の作家・橋本治の遺作となった『黄金夜界』（二〇一九年）だ。これは舞台を現代に置き換えた二一世紀版の『金色夜叉』である。ざっと中身を紹介しておきたい。

①『黄金夜界』の熱海の場

物語の設定は『金色夜叉』とほぼ同じだが、間貫一は二二歳の東大経済学部四年生。一二歳で父を亡くして孤児となり、父の親友だった鴫沢隆三に引き取られた。宮ならぬ美也

は二〇歳。ＭＩＡの名前でモデルもしている女子大生だ。富山唯継は三八歳、急成長したＩＴ企業の社長である。美也が唯継との結婚を承諾したと知り、貫一は急ぎ熱海に向かう。〈大人になりたかったの。ごめんね〉と美也はいった。

ひと言も言い返せずに別れた後、さまよい歩いて海岸にたどり着いた貫一は、マント姿の男が日本髪の女を蹴飛ばしている像を見て思う。〈怒ってすむなら簡単だよな〉。それから彼は大声で泣き、スマホを海に投げ捨てるのだ。

②『金色夜叉』が描かなかった少年時代

『黄金夜界』は『金色夜叉』がスルーした貫一の少年時代、彼が美也とどのように関係を持ち、婚約にまで至ったかを描いている。

六年生で鳴沢家に引き取られた貫一は、四年生の美也と兄妹として育つが、彼が高校に入った年、中二になった美也が深夜、部屋に来た。そして貫一が眠るベッドに入り込み、〈いさせて――〉といったのだ。肉体関係をもったのはその二週間後だった。

両親に発覚し、隆三に〈君は、美也のことをどう思ってるんだ？〉と問われた貫一は〈好きです〉と速答した。〈で、き、君は美也を、どうするつもりなんだ！〉。すると貫一はいったのだ。〈結婚をしたいです〉。気圧された隆三は、やむなく二人の関係を認め、東大に合格することを条件に、貫一を自分の事業（レストラン）の後継者に決めるのである。

③『金色夜叉』が描かなかった空白の四年間

『金色夜叉』は熱海での別れから、いきなり四年後に飛ぶ。貫一が高利貸しの手代になった経緯は数行しか書かれていない。『黄金夜界』はこの空白の四年間を埋める。

スマホを海に捨てた後、われに返った貫一は愕然とする。もう鴫沢の家には帰れない。自分は着の身着のまま出てきており、所持金は数万円しかない。はじめて現実の厳しさを知った貫一は、ネットカフェで仕事を探し、文字通りゼロから人生をはじめるのだ。

〈働いてやる！　働いてみんなを見返してやる！〉

派遣労働者として日当仕事からはじめ、ブラック企業として有名な居酒屋チェーンでバイトをし、外食産業界で徐々に頭角を現してゆく貫一。その過程で彼は〈大人になりたかったの。ごめんね〉という別れ際の美也の言葉を理解するのだ。富山唯継には彼女を大人にする何かがあった。自分にはそれがなかったのだ、と。

『黄金夜界』は『金色夜叉』に何が足りなかったかを教えてくれる。『金色夜叉』には歴史が描かれていないのだ。貫一と宮がなぜ恋仲になったかも、なぜ貫一が高利貸しの手先になったかも。むろんそれがなくても物語は成立する。成立するが、初代貫一が前近代人のまま成長できなかったのは、作者のせいというしかない。

『黄金夜界』の二代目貫一は、美也と別れ、世間に放り出されてはじめて、自分の中身が空っぽだったことに気づく。一方、初代貫一は、いきなり四年後に飛ばされたことで、自分と向き合うチャンスも、覚醒するキッカケも逸してしまったのだ。〈怒ってすむなら簡単だよな〉という二代目貫一のつぶやきは、初代貫一への痛烈な批判というべきだろう。

反復される「熱海の場」

さて、物語も終わりに近づいてきた。

『金色夜叉』は未完だが、ここまでこじれ、気持ちがすれ違った貫一と宮がハッピーエンドを迎えるのは不可能だろう。実際、二人の対面後、物語は最終局面に向けて動き出す。

テキストには終盤、熱海の場を反復するような場面が二度登場する。

①真夜中の愁嘆場

その夜、貫一は宮と彼に気がある赤樫満枝が争う場面に遭遇する。逆上した満枝は宮をこの場で殺せと貫一に迫り、宮もまた貫一に殺されるなら本望だ、あなたが殺してくれないなら自害するといい、刃物を手にもみ合っているうちに、宮は満枝を刺し、自分の喉にも刃物を突き立ててしまう。〈貫一さん、ああ、もう気が遠く成って来たから、早く、早く、赦すと言って〉ただただおろおろしていた貫一は、二人の女の死と引き換えに、やっと口にするのである。〈赦したぞ！　もう赦した、もう堪……堪……堪忍……した！〉

結局これは貫一の〈覚むれば暁の夢〉という夢オチで終わるのだが、描写の細部には鬼気迫るものがあり、貫一の心の闇が透けて見えるようである。

②塩原温泉の出来事

その日、貫一は那須塩原の温泉宿で、若い男女が心中しようとする現場に遭遇する。聞けば男は店の金を使い込み、女は芸者で、宮の夫・富山唯継に身請けされるという。好きでもない男の情婦になるくらいなら、と覚悟を決めている男女に貫一はいたく心を動かされ、〈嗚呼……感心しました！　実に立派な者です！〉〈それが女の道と謂うもので、そう有るべきです〉と盛り上がって、二人のために金を用立てようと申し出るのだ。

以上二つの場面は、貫一にとっての「そうあるべきだった熱海の場」を描き直しているといえるだろう。貫一は、あの日、熱海の海岸で、宮に「富山と結婚するくらいなら、ここであなたと死ぬ」といってほしかったのである。

「あきらめない女」だった宮

恋愛小説とはいえ、『金色夜叉』における男女のすれ違いっぷりは凄まじい。

物語の冒頭で「裏切る女」として貫一をふった宮は、その後一貫して「後悔する女」「許しを乞う女」として描かれる。不貞に走った女はこれほどの責め苦を負うのだ、死んで詫びなければ罪は贖《あがな》えないのだ、とでもいうように。

もっともそれは貫一の側の理屈である。少なくとも宮は「あきらめない女」である。貫一にそれほどの価値があるかどうかは別として、貫一に会おうと画策している時点で、彼女は夫の唯継を裏切っているのである。唯継は夫としてはよくできた人物で（後に芸者を囲おうとはしていたが）宮を大切にしているし、彼女を束縛もしていない。

だが宮は、資産家の妻の座に安住することなく、あるいは資産家の妻の座を利用して、闇落ちした貫一を救い出そうとしていた。見上げた根性である。いつまでも「今月今夜の……」とかいってる貫一ごとき、放っておけばよいものを。

貫一が問題児であることは、作者も意識していた。読者の共感を得るような人物をそもそも紅葉は書こうとしていないのだ。拝金主義の世の中への批判的視線が作品のベースにあり、貫一は金の亡者と化した当世風の若者として描かれている。

その証拠に、貫一自身も、夢の中で自らの愚かさを嘆いている。

〈一端の男と生まれながら、高が一婦の愛を失ったが為に、志を挫いて一生を誤り、餓鬼の如き振舞を為て恥とも思わず、非道を働いて暴利を貪るの外は何も知らん。その財は何に成るのか、何の為にそんな事になるのか〉

その通りである。しかしながら、貫一は時代遅れの前近代人だ。彼の倫理観では「女が死んで詫びる」以外の解決は、ありえなかったのであろう。

ゆえに未完とはいえ、病床で死を覚悟した宮の手紙で物語は幕を閉じる。

〈私独り亡《な》きものに相成候て、人には草花の枯れたるほどにも思はれ候はぬ儚《はかな》さなどを考え候えば、返す返す情無く相成候て、心ならぬ未練も出で申候〉

私ひとり死んでも、草花が枯れたほどにも気にしてもらえないかと思うと、返す返すも情けなく、心ならずも未練が残ります。——そりゃあ未練も残るだろう。宮の切なる思いは、最後まで貫一に届かなかったのだから。彼がトンチキだったせいで。

ちなみに『黄金夜界』は、『金色夜叉』の愁嘆場を現実と解釈し、貫一が高層マンションから飛び降りるところで終わっている。思えば『金色夜叉』も、悪夢の中の出来事とはいえ宮が死に、貫一が自分も後を追うと決めた時点で決着はついていたのかもしれない。

恋愛にのめり込みすぎて道を踏み誤った男の悲劇。

『三四郎』や『青年』が発表されるのは、『金色夜叉』の数年後だ。三四郎や純一が、間貫一のアンチテーゼのように思えてくる。

戸村民子の焦燥——伊藤左千夫『野菊の墓』（一九〇六＝明治三九年）

なめちゃいけない純愛小説

戦前の大ベストセラーだった『不如帰』『金色夜叉』は、残念なことに戦後、読者を大きく減らした。文語体の壁はやはり高かったのか、内容が古いと判断されたのか。

そこへ行くと、この作品はいまも現役バリバリである。

伊藤左千夫『野菊の墓』（一九〇六＝明治三九年）だ。

純愛小説、あるいは初恋文学の金字塔として、川端康成『伊豆の踊子』と並ぶ存在とされている。一九七七年のドラマ版では山口百恵、八一年の映画版では松田聖子、往年のトップアイドルがヒロインの民子を演じた点からも、人気のほどがうかがえよう。

延命した理由のひとつは圧倒的な読みやすさだろう。『野菊の墓』は「僕」が語り手をつとめる一人称小説だ。今日ではごく当たり前のこの形式の、もっとも早い実践例であり、夏目漱石が〈自然で、淡泊で、可哀想で、美しくて、野趣があって結構です。あんな小説なら何百篇よんでもよろしい〉と激賞したことでも知られている。

伊藤左千夫はアララギ派の歌人としての活動が中心だった人だが、『野菊の墓』一作で文学史に名を残したといっても過言ではない。

故郷・千葉県山武《さんむ》市の山武市歴史民俗資料館は、事実上「野菊の墓資料館」といってもいいほどで、敷地内には左千夫の生家が残り、近隣の公園には「貫一お宮の像」ならぬ「政夫と民子の像」も建っている。こちらは二人が仲よく座った可愛らしい像である。

とはいえ、少年文学だと思ってなめてはいけない。〈淡泊で、可哀想で、美しくて〉と漱石はいっているけど、いやいやどうして、これはなかなかの曲者なのだ。

恋に目覚めた主人公

「僕」こと斎藤政夫は数えで一五歳（満一三歳）。松戸に近い矢切村の旧家の次男である。小学校を卒業したばかりで、秋には千葉の中学への進学を控えている。

戸村民子は二歳上の一七歳（満一五歳）。政夫の従姉で、政夫の母が病気がちだったため、市川の戸村家から母の看護や仕事の手伝いにきていた。

二人は大の仲良しで、いつもじゃれあって遊んでいた。そのたびに〈また民やは政の所へ這入ってるナ。コラァさっさと掃除をやってしまえ〉などと母に叱られたが、母も民子を可愛がっていたので、多少の小言はへっちゃらだった。

ところが、ある日、二人は母に厳しく言いわたされるのだ。

〈男も女も十五六になればもはや児供ではない。お前等二人が余り仲が好過ぎるとて人がかれこれ云うそうじゃ。気をつけなくてはいけない。民子が年かさの癖によくない。これからはもう決して政の所へなど行くことはならぬ〉と。

以来、民子は政夫を避けるようになった。民子は満年齢でいえば一五歳。たしかに微妙な年頃である。伯母に意見されたら無視できなかっただろう。

政夫も変わった。それは二人で畑に茄子を採りにいった日の夕暮れだった。

〈僕はここで白状するが、この時の僕は慥《たしか》に十日以前の僕ではなかった。二人は決してこの時無邪気な友達ではなかった〉

もって回った言い方をしているが、要は恋の目覚めである。〈やはり母に叱られた頃から、僕の胸の中にも小さな恋の卵が幾個か湧きそめて居ったに違いない。（略）この日初めて民子を女として思ったのが、僕に邪念の萌芽ありし何よりの証拠じゃ〉

思春期の扱い方は難しい。母の忠告は逆効果だったのだ。

一度意識してしまったら、もういけない。前はなんとも思っていなかったのに、民子が急に美しく思え、彼女の耳だの首すじだのが気になって仕方がない。

そして『金色夜叉』の「熱海の場」にも匹敵する、作中きっての名場面に移る。

「野菊の場」のダイジェスト

それは旧暦九月一三日のことだった（ちなみこの日は「十三夜」「後《のち》の月」「豆名月」などと呼ばれる名月の特異日である。満月ではなく少し欠けた月）。

朝、二人は母の言いつけで、家から離れた山の畑に綿を採りに出かけた。

道々、政夫は野菊の花を摘んで民子の側にもどった。

〈まア綺麗な野菊、政夫さん、私に半分おくれッたら、私ほんとうに野菊が好き〉と民子がいった。〈僕はもとから野菊がだい好き。民さんも野菊が好き……〉と政夫はいった。

さすが年上の女の子。それとなく会話を誘導する民子。

〈私なんでも野菊の生れ返りよ。野菊の花を見ると身振いの出るほど好もしいの〉

〈民さんはそんなに野菊が好き……道理でどうやら民さんは野菊のような人だ〉

〈それで政夫さんは野菊が好きだって……〉〈僕大好きさ〉

死ぬほど回りくどい三段論法だが、これでも政夫、人生初の告白である。

しばらく後に民子もいった。〈政夫さんはりんどうの様な人だ〉

野菊の返り討ちかと笑いつつ、政夫は三段論法で答えた。

〈それで民さんがりんどうを好きになってくれればなお嬉しい〉

そんなこんな、回りくどいなりに、互いの気持ちをそれとなく確かめあい、楽しい時間をすごした二人が、ようやく家路についたのは夜だった。

おそるおそる家に入ると、空気がおかしい。あろうことか留守中に、家では〈もはや二人は全く罪あるものと黙決されて〉いたのである。

こうなったら二人を早く引き離すしかない。政夫は母に命じられる。

〈お祭が終ったら、もう学校へゆくがよい。十七日にゆくとしろ……〉

旅立つ日、民子は政夫を江戸川の矢切の渡しに送りに来たが、ひと言も言葉を交わさず、二人は別れた。まさかそれが二人の生涯の別れになるとも知らずに。

政夫の母の心情を探る

一見幼く愛らしい恋物語。しかし、ここまでの段階ですでに所見が満載だ。

まず、政夫の母の不可解な態度である。

もう子どもではないのだからと叱ったり、その割に二人きりで山の畑に行かせたり。二人の恋路を、母は邪魔したいのか、焚きつけたいのか。

実際、おそらく母の気持ちは揺れていたのだ。そもそも彼女が二人に忠告したのは、家人や村人の噂を気にしたからだった。「あの二人は仲がよすぎる」と陰口したのは使用人のお増、母にご注進に及んだのは長男の嫁である。

斎藤家には父も祖父母もいない。家族は母、長男夫妻、次男の政夫の四人で、あとは手伝いに来ている民子と使用人である。この家の家長は長男のはずだが、この長男の存在感がまた薄いのだ（この人は妻に頭が上がらないのではないかと思われる）。

母としては、自分の威厳は保ちたいし、長男夫妻も無視できないし、政夫や民子の味方もしてやりたい。その折衷案が「二人の山行き」だったと想像される。家の中では人目があるから、せめて一日くらい二人にしてやろうという親心である。

だが、その親心が裏目に出た。井戸端会議で二人は〈全く罪あるもの〉に認定されてしまった。これでは母の面目が立たない。だから今度は〈もう学校へゆくがよい。（略）えいか、そのつもりで小支度をして置け〉と命じたのだ。

少し大きめの構えでいうと、母の揺らぎは近代と前近代のせめぎ合いともいえる。母は基本的には情に厚い人で、政夫と民子の理解者である。『不如帰』のお慶と違って、個人の意思を尊重したいと考える半近代人である。だが、確信がないので前近代（長男夫妻やお増）にも勝てないでいる（このことが後に彼女を大きく後悔させることになる）。

政夫の心情を深読みする

では、肝心の政夫はどうか。

兄夫妻や母の懸念は、まんざら的外れでもなかった。野菊を摘んだ日の二人はかなりキワドイ状態にあったのだ。それは政夫の次のような心情に表れている。

〈お互に心持は奥底まで解っているのだから、吉野紙を突破るほどにも力がありさえすれば、話の一歩を進めてお互に明放してしまうことが出来るのである。しかしながら真底からおぼこな二人は、その吉野紙を破るほどの押がないのである〉

吉野紙（とはきわめて薄い紙である）を突き破れば、もっと先に行けたと彼はいう。もっと先とはちゃんとした告白（「好きだ」という）のことである。それだけの話だが、右の表現自体、どこかキワドイ。次の表現も同じく、だ。

〈近く二三日以来の二人の感情では、民子が求めるならば僕はどんなことでも拒まれない。また僕が求めるならやはりどんなことでも民子は決して拒みはしない。そういう間柄でありつつも、飽くまで臆病に飽くまで気の小さな両人《ふたり》は、嘗《かつ》て一度も有意味に手などを採ったことはなかった。しかるに今日は偶然の事から屢《しばしば》手を採り合うに至った〉

これもただ単に〈民子の手を採って曳いてや〉っただけの話である。であるにしても、

〈民子が求めるならば……〉という言い方は読む人をドキッとさせる。

二人は思春期まっただ中だ。現にこの日一日、彼はドキドキしっぱなしである。性的な衝動を必死で押し殺しているようにさえ見える。せっかく母が気を利かせてくれたのだ。その気になればキスでもハグでもできただろう。

しかし政夫は、「年下の男の子」から脱皮できない少年である。自分からは行動せず、姉さんである民子にそれとなく頼り、〈真底からおぼこな二人〉〈飽くまで臆病に飽くまで気の小さな両人〉といった言い訳で幼さをアピールする。ただし〈真底からおぼこな二人〉は、あくまで政夫の判断である。はたして民子はどうだったのか。

民子の心情を深読みする

民子は政夫の二歳上だ。この差は当初、プラスに作用したはずである。姉さんである民子は臆せず政夫に接することができた。〈私も本が読みたいの手習がしたいのと云う、たまにはハタキの柄で僕の背中を突いたり、僕の耳を摘まんだりして逃げてゆく〉というように。もしも政夫が年上だったら、こう無邪気にはいかなかっただろう。

政夫が「年下の男の子」であるがゆえに、二人は対等か、むしろ民子が優位な関係で、独特のバランスが保たれていたのである。

だが政夫の母に忠告されて以来、二歳上という事実が民子に重くのしかかってきた。〈わたしはどうして政夫さんよか年が多いんでしょう。私は十七だと言うんだもの、ほんとに情なくなるわ〉

民子のこの台詞には万感の思いがこもっている。家の者たちが政夫との交際を禁じたのは民子が「二歳上」というタワケた理由だ。が、想像するに、彼女は将来のことを考えていたのだ。まもなく中学に入る政夫は中学だけで五年間、高校や大学に進めば一〇年以上学窓の人となる。その間に自分は嫁に行かされるだろう。

だが政夫は民子の焦燥を理解しない。〈僕だって、さ来年になれば十七歳さ。民さんはほんとに妙なことを云う人だ〉〈僕は学校へ行ったて千葉だもの、盆正月の外にも来ようと思えば土曜の晩かけて日曜に来られるさ〉なぞとはピント外れなことをいうばかり。

民子は相当じれったかっただろう。この日は二人でいられるラストチャンスだ。キスだのハグだのはともかく、二人の仲を少しでも前に進めたかったはずである。

一人で水を汲みにいくという政夫に向かって彼女は叫ぶのだ。

〈私は一人で居るのはいやだ。政夫さん、一所に連れてって下さい〉〈政夫さん、後生だから連れて行って下さい。あなたが歩ける道なら私にも歩けます〉

このメタメッセージに気づかぬ政夫は、子どもとはいえマヌケである。

「年上の女の子」は政夫が思うほど「おぼこ」ではない。

おそらく彼女は政夫にいってほしかったのだ。「僕は家を出るけど、必ず民さんを迎えに来るから待っていてほしい」と。その言質がないと、この先、二人の関係は保証されないからである。将来を誓い合うところまでは行かないと「私は政夫さんと一緒になる」という確信は持てず、親にいわれるままに、きっと嫁に行かされる。それをおぼこぶって、なーにが〈民さんは野菊のような人だ〉じゃ。大事な日なのだ。もっと実のある話をしなさいよ、このオタンコナスが。

民子の結婚と突然の死

二人は一見すると、相思相愛に見える。しかし、民子が政夫を思っていたほどには、政夫は民子を思っていなかった。それが二人の真相だったように思われる。

別れた後も彼は「年下の男の子」から脱皮できなかった。

この後の政夫の行動には恋する人の情熱に欠けている。

中学に入った政夫は、民子のことばかり考えていたが、暮れに帰省すると民子の姿はなかった。使用人のお増によれば〈姉さんがいろんなことを云って、一昨日お民さんを市川へ帰したんですよ〉。政夫が千葉に発った後、民子も仕事が手につかなくなり、母と一悶着

あって家に帰されたという。〈政夫さん……お民さんはほんとに可哀相でしたよ〉

にわかに味方になったお増の話に政夫は呆然として涙さえ流すが、帰りに市川を通過したのに〈極りが悪くてどうしても民子の家へ寄れなかった〉。

市川の戸村家は親しくつきあってきた親戚だ。民子が意気消沈していることも知っている。なぜ飛んでいって「民さん、帰ってきたよ」といってやれなかったのだろう。盆正月の外にも来ようと思えば帰ってこられると自分からいったのに。

案の定、すぐに別れは来た。翌年の夏は帰省すらせず、正月に帰ると、母に民子が嫁に行ったと聞かされたのだ。相手は同じ市川の裕福な家だという。

それでもまだ、政夫は事態を理解していなかった。

〈僕の心持は自分ながら不思議と思うほどの平気であった〉と彼はいう。

嫁に行っても民子は民子。二人の思いは変わらないと思っていた。心さえつながっていれば、というノーテンキな発想は「野菊の場」の日から変わっていない。

災いはしかし、突然やってきた。それは六月二二日のことだった。

学校に「スグカエレ」の電報が来て、政夫が急ぎ帰省すると母が泣いていた。

〈政夫、堪忍してくれ……民子は死んでしまった……私が殺した様なものだ……〉

なんであの時、民子に会いに行かなかったのか。後悔してもすでに後の祭りである。

母の嘆きが示すもの

ここでもう一度考えてみよう。政夫と民子はなぜ引き裂かれたのか。

客観的に見て、二人の結婚に大きな支障があったとは考えにくい。いとこ同士の結婚は当時珍しくなかったし、斎藤家のほうが家格は多少上でも、問題になるほどの差ではない。政夫が一人前になるのが一〇年後だとしても、彼はまだローティーンである。婚約だけして、今まで通り民子は斎藤家を手伝い、その日を待てばよかったのだ。そこに思いが及ばず、たかだか「二歳上」というだけで二人を別れさせた大人たち。

母によれば、民子は親や政夫の母に説得されて一一月に泣く泣く結婚し、やがて妊娠したが、六ヵ月で流産。後の肥立ちが悪く、政夫が帰る三日前に息を引き取ったという。看病も葬儀も戸村家が仕切っていることから、婚家には離縁されたのだと思われる。病気を理由に離縁された『不如帰』の浪子と同じパターンである。

政夫の母の嘆きはひとしおだった。

〈政夫……お前に一言の話もせず、たっていやだと言う民子を無理に勧めて嫁にやったのが、こういうことになってしまった……たとい女の方が年上であろうとも本人同志が得心であらば、何も親だからとて余計な口出しをせなくともよいのに、この母が年甲斐もなく

親だてらにいらぬお世話を焼いて、取返しのつかぬことをしてしまった〉

『野菊の墓』の最重要シーンはここかと思うほど、彼女の嘆きは深い。呆然として泣くこともできない政夫を前に、母はこの後も延々と、嘆き、悲しみ、後悔し、政夫に謝罪し、自分を責める。半近代人だった母の覚醒。近代人への脱皮。日本国憲法二四条（婚姻は、両性の合意のみに基いて成立し……）の誕生を予見させるような息を呑む場面である。

民子と政夫の微妙な温度差

話はしかし、まだ終わらない。いったい母をそこまで嘆かせたものは何だったのか。

理由が判明したのは翌朝だった。政夫は市川の戸村家に民子の墓参りに行き、民子の祖母から彼女の最期のようすについて聞くのである。

死に際に彼女は〈矢切のお母さん、私は死ぬが本望であります、死ねばそれでよいのです〉と口にした。さらに彼女は左手に小切れに包んだ小さな物を握っていた。死後、中を開けると〈それが政さん、あなたの写真とあなたのお手紙でありまして……〉〈そのお手紙をお富が読みましたから、誰も彼も一度に声を立って泣きました〉。

彼らは政夫の手紙で、はじめて二人がどんな思いでいたかを知ったのだ。

いったいどんな手紙を政夫は書いたのか。

作中にはこれ一通しか手紙は登場せず、政夫が民子に別の手紙を書いた形跡もないので、おそらくそれは彼が矢切を発つ前夜に書いた手紙と思われる。

〈学問をせねばならない身だから、学校へは行くけれど、心では民さんと離れたくない。民さんは自分の年の多いのを気にしているらしいが、僕はそんなことは何とも思わない。僕は民さんの思うとおりになるつもりですから、民さんもそう思っていて下さい〉

たしかに民子への思いは綴られている。民子は何度も読み返したにちがいない。何も知らなかった政夫の母や民子の家族は泣いただろう。しかし、これではまるで小学生（事実少し前まで彼は小学生だったのだが）の手紙である。

〈民さんの思うとおりになる〉とは、はて、いかなる意味なのか。民子にどうせよというのだろうか。自分がどうしたいとは書かず、彼は民子に答えを丸投げする。「年下の男の子」らしい依存心。そして民子と政夫の間に感じられる微妙な温度差。

美しい田園地帯を背景にした愛らしい恋物語に見える『野菊の墓』は、この時代の他の青春小説ともじつは通底している。やっぱりこれは近代の物語なのだ。

『野菊の墓』は「捨ててきた故郷」の物語

『三四郎』を思い出していただきたい。

上京したばかりの三四郎は自分には「三つの世界」ができたと考えた。①捨ててきた故郷、②新しく知った学問の世界、③恋愛を含めた華やかな都会。これに当てはめると、この小説の位置がクリアになる。

『野菊の墓』は上京青年の前史、つまり三四郎が〈帰るに世話はいらない。もどろうとすれば、すぐにもどれる。ただいざとならない以上はもどる気がしない。いわば立退場《たちのきば》のようなものである〉と表現した、「①捨ててきた故郷」の物語なのだ。

美しい田園や自然豊かな山が描かれているのはダテではない。そこは「兎追いし彼の山」の風景であり、遠くにありて思い出す「故郷《ふるさと》」である。

都会である千葉の中学に入った政夫は民子のことなどじきに忘れ、②③の世界で、もっと上を目指すだろう。『三四郎』も同じだった。三四郎の世界には故郷で彼を待つお光という女性がいたが、美禰子に夢中な三四郎には過去にすぎない。

つまり、民子は「もうひとりのお光」なのだ。

政夫もすぐに自分を忘れると民子は予感していただろう。だから彼女は「好き」という以上の「確かな証」がほしかったのだ。しかし政夫は「年下の男の子」の域を出ず、将来を誓い合うまでには至らなかった。民子が結婚に激しく抵抗しつつ最後まで政夫の名前は出さなかったのは政夫に配慮してというより、政夫の気持ちに確証が持てなかったためだろう。現に矢切の渡しで別れてから、政夫は一度も自分に会いに来なかったのだ。

「木綿のハンカチーフ」の世界

上京青年の前史ととらえたとき、『野菊の墓』は幼い恋物語という次元から、もう一歩飛躍する。そこに横たわるのは「裏切る男」のモチーフだ。

上京青年はみんな都会で女の子にふられるが、彼が都会に出てきた時点で、すでに誰かを裏切っている(可能性がある)。松本隆の作詞で、太田裕美が歌った七〇年代のヒットソング「木綿のハンカチーフ」の世界である。

この歌の主人公は、都会に出た青年と、故郷に残ったその恋人である。華やいだ街で浮かれる恋人が、都会の絵の具に染まっていくようすを、彼女は遠くから寂しく見ている。変わってゆく僕を許せと彼はいい、彼女は涙を拭くハンカチをくれといって二人は別れる。遠距離恋愛の破局。二一世紀の今日まで、日本中でくり返されてきた光景だろう。

政夫もやはりそうなった。

『野菊の墓』は、大人になった現在の「僕」が、少年時代を振り返る回想形式で書かれている。「裏切る男」を純愛の主人公に変えるマジックが「回想」だ。

テキストのラストを読めば、彼も木綿のハンカチ男だったことが判明する。

〈後の月という時分が来ると、どうも思わずには居られない。幼い訣別とは思うが何分にも忘れることが出来ない〉と大人になった政夫はいう（「後の月」とは旧暦の九月一三日、二人が野菊を摘んだ十三夜のこと）。そして彼はしれっというのだ。〈民子は余儀なき結婚をして遂に世を去り、僕は余儀なき結婚をして長らえている〉

私はこれを「回想の額縁効果」と呼んでいる。物語全体を「いま」という額で囲っただけで、描かれた過去がすべて美しい思い出に転化される。

ちなみに後年、同じやり方で多くの読者を獲得した例が、村上春樹『ノルウェイの森』であり、片山恭一『世界の中心で、愛をさけぶ』である。どちらも現在から過去を振り返る額縁形式、どちらも死んだ恋人を追想する物語だ。

もし民子が死ななければ、政夫はもっと早く民子を忘れただろう。民子がこの世から去ったからこそ、二人の思い出は美化され、彼女は永遠の心の恋人として刻印される。

純愛小説の三要素

『野菊の墓』は、たしかに悲恋の物語ではある。しかし、死んだ民子はひとりでよく闘ったことは銘記しておくべきであろう。

最終的には政夫の母に〈政夫と夫婦にすることはこの母が不承知だ〉といわれて諦めた

ものの、絶対に縁談は受けたくないと粘り、嫁入り後も態度を軟化させずに婚家に疎まれ、結果的には夫の子どもも産まなかったのだ。嫁入りを拒んでいた以上、離縁はむしろ彼女の抵抗と勝利の証だし、いまわの際の〈私は死ぬが本望〉という言葉や、政夫の写真と手紙を握りしめての旅立ちは、最後の意地ないし抗議だったかもしれない。そして実際、彼女のメッセージは政夫の母にも民子の家族にも届いたのだ。

それに比べて、政夫のノーテンキなこと。〈学問をせねばならない身だから、学校へは行くけれど、心では民さんと離れたくない〉という小学生みたいな手紙に彼のすべてが現れている。いっぱしに「吉野紙を突破る力があれば」とかいっているけど、政夫の限界は野菊だった。恋をするには早すぎたかもしれない。

付け加えておくと、純愛小説に「キスだのハグだの」はご法度である。よって「野菊の場」で政夫が何もしなかったのは正解である。これはたぶんに読者の指向性に由来する。日本には「十代の男女は純潔であるべし」という根強い信仰があるためだ。

仮にあの場で吉野紙を破り、二人が「キスだのハグだの」に及んでいたら、『野菊の墓』が純愛小説として今日のような不動の地位を保つのは難しかっただろう。

純愛小説を純愛小説たらしめる「純愛小説の三要素」は次の三つだ。

①一人称の回想形式、②早すぎる恋人の死、③純潔主義

恋愛に性を持ち込むなという矛盾した要求に答えるのが、この国で純愛小説の必須条件。北村透谷張りのプラトニック・ラブ礼賛論だ（余談だが、この国の性教育が世界に著しく遅れをとっているのは、そのせいかもと邪推する）。

あらためて振り返ると、明治の女性には、やはり制約が多かった。『不如帰』の浪子も、『金色夜叉』の宮も、『野菊の墓』の民子も、制約の前で打ちひしがれていただけでなく、限られた条件の中でよく闘ったとは思う。そう簡単に、おめおめ（作者に）殺されてたまるもんですか、という矜持を感じる。

とはいえやはり、そこには限界があった。恋愛には相手がある以上、特に異性愛の場合は相手の男性の器量が問われる。制度や社会常識の壁も厚い。

しかしながら、時代は変わる。壁を乗り越え、心ならずも死んだ浪子や宮や民子に代わって次の時代に出現するのは、これまでとは違ったタイプの女性がすったもんだする、違ったタイプの恋愛小説だ。さて、どんな物語？

第４章　モダンガールの恋

早月葉子の激情――有島武郎『或る女』（一九一九＝大正八年）

「翔んでる女」を描いた作品

新しく出てきた女性像というものは、いつの時代も世間の好奇の的だ。

明治末期の女学生がそうだった。「青鞜《せいとう》」が広めた「新しい女」もそうだった。大正期において、これに該当するのが「モダンガール」である。

この語の初出は新聞記者の北沢秀一が女性誌に寄稿した一文とされている。

〈モダーン・ガールは自覚もなければ意識もない。（略）彼等は唯だ人間として、欲するままに万事を振舞うだけである。一時代前の新しき女は、私達も覚醒しなければならぬ、私達はもう男の奴隷ではない、人間だと覚って奮起した。然しモダーン・ガールは初めから男の奴隷だなどとは思っていない。そして理屈も何も云わずに、男と同じラインへ出て一緒にあるいている〉（「モダーン・ガール」／「女性」大正一三年八月号）

モダンガールとは断髪洋装の単なるファッション・アイコンではなく、生き方を含んだものだった。これにもっとも近い戦後の流行語を探すとしたら、七〇年代の「翔《と》んでる女」だろう。そしてモダンガール（＝翔んでる女）を描いた作品の筆頭格はおそらくこれだ。有島武郎《たけお》『或る女』（一九一九＝大正八年）である。

有島は武者小路実篤《さねあつ》と同じ「白樺派」の同人だけれども、少年の甘酸っぱい思い出を描いた『一房の葡萄』の作者だと思っていると度胆をぬかれる。

物語の舞台は明治三〇年代。日清戦争（一八九四～九五年）の直後で、『不如帰』とじつはそう変わらない。だが、小説は書かれた時代により深く規定される。実際、『或る女』の主人公ほど、北沢がいう「モダーン・ガール」に合致したヒロインもいないのだ。

肉食系女子がたどった道

主人公の早月《さつき》葉子は二五歳。シアトル行きの客船でアメリカに渡ろうとしているところだ。シカゴで待つ婚約者・木村貞一のもとに向かうためである。

ここに至るまでにも、相当波乱万丈な人生を彼女は送ってきた。

一五歳のときにはもう一〇歳上の恋人がいた。その青年が自殺同然の死に方をした後、〈一度生血の味をしめた虎の子のような渇欲〉に葉子は捕らわれるようになった。

〈肉欲の牙を鳴らして集まって来る男たちに対して、（略）葉子は冷笑しながら蜘蛛のように網を張った。近づくものは一人残らずその美しい四手網《よつであみ》にからめ取った〉

今日風にいえば「肉食系女子」の誕生である。

上野の音楽学校ではバイオリンを専攻した。二ヵ月でめざましい上達ぶりを見せつけるも、教師に嫌みをいわれるや〈「そうでございますか」と無造作に言いながら、ヴァイオリンを窓の外に抛りなげて、そのまま学校を退学してしまった〉。

一九歳（満一七歳）の時、日清戦争の従軍記者として凱旋した木部孤笻《こきょう》と親の反対を押し切って結婚した。だが半月で彼女は夫に幻滅し、二ヵ月で家を飛び出した。

その後、木部の子どもを出産するも、木部には知らせず、父親は木部ではないと母にすら偽って、生まれた娘は葉子のかつての乳母に預けた。

葉子の父は日本橋で開業する医者で相当な収入があったが、財産の管理には疎かった。母はキリスト教婦人同盟の副会長をやっており、家庭は二の次の人だった。ゆえに父母が相次いで他界した後、早月家に残ったのは借金だけだった。

父母の死後、妹（次女の愛子と三女の貞世）は寄宿制の私塾に入った。そして二五歳になった葉子は、妹二人と娘の定子を日本に残し、米国行きの船に乗ったのだ。

婚約者の木村は葉子が望んだ結婚相手ではなかったが、クリスチャンの実業家で、娘の将来を案じた母が死に際にこの人と結婚しろと言い残した相手だった。

ここまではほんの前哨戦、物語の前置きである（それなのにこのディープさ！）。カッとしてバイオリンを窓の外に放り投げた一件からもわかるように、葉子を動かしているのは、その場その場の情動である。木部と結婚したのも、すぐ別れたのも情動がなさしめた行動だ。そして彼女の情動は、船に乗った後も収まらなかったのである。

運命を変えた船上の恋

渡米したはずの葉子は、結局シアトルで下船しなかった。船内で新しい恋人ができたためだった。彼の名前は倉地三吉。この船（絵島丸）の事務長だ。

葉子が倉地を意識したキッカケは、船が出る直前のちょっとしたトラブルだった。〈葉子さん、覚えていますか私を〉。そう叫んで葉子に近寄ってきた若者を見とがめ、やすやすと横抱きにして船外に連れだしたのが倉地だったのだ。

船内で葉子は好奇の的となった。横浜を出港して以来、自室に閉じこもっていた葉子は、ときおり〈事務長の倉地の浅黒く日に焼けた顔と、その広い肩とが思い出され〉て、ハッとしたりしていたが、葉子の媚態に倉地は関心を示さない。

事態が動いたのは上陸前の検疫の日であった。検疫官を籠絡する手伝いをしてほしいと倉地に頼まれたのだ。飲ませてポーカーに負けて、美人にも会わせてやらなければならない、と。事務長室には倉地の妻と三人の娘の写真が飾ってあり、彼女はそっちに気を取られていたのだが、その刹那、内心期待していた事態が起こった。倉地は「お葉さん」と叫び、いきなり葉子を抱きすくめてきたのである。葉子の理性は吹き飛んだ。そして思った。〈倉地を得たらばどんなことでもする。どんな屈辱でも蜜と思おう〉と。

その日の夜、朝の振る舞いは何だったのかと葉子は泣いたりわめいたりし、倉地の妻子が写っている写真を破り捨てた。すると倉地はいったのだ。

〈早月さん……僕のすることはするだけの覚悟があってするんですよ。僕はね、横浜以来あなたに惚れていたんだ。それがわからないあなたじゃないでしょう〉

葉子は有頂天になった。二人の仲はたちまち船内の噂になり、とりわけ乗船時から葉子に対抗意識を燃やしていた田川法学博士の夫人は露骨に嫌悪感を示したが、葉子は平気だった。船がシアトルに着いてしまえば、それまでの話である。

船が着いた後、迎えに来た婚約者も、彼女は病気（必ずしも仮病ではなかったのだが）を理由に追い返した。毎日のように船に通ってきては、あなたを迎える準備はできている、こちらで医者にかかればよいという木村の熱心なすすめも、彼女は頑として拒んだ。そして船が港に着いた一二日後、同じ船で日本に帰国してしまうのだ。

モデルは国木田独歩の元妻だった

この話には、下敷きになった事件がある。

葉子のモデルは佐々城信子。国木田独歩の最初の妻だった女性で、一九〇一(明治三四)年、実業家の森広と結婚するために鎌倉丸で渡米する途中、事務長の武井勘三郎と恋に落ち、上陸せずに帰国した。当時の報知新聞がこの一件を「鎌倉丸の艶聞」として報じたことでスキャンダルになり、独歩や森の友人だった有島が小説にしたのである。ちなみにこの件を新聞に通報したのは、同船していた田川夫人のモデル・鳩山春子(共立女子大の創立メンバーで、鳩山一郎首相の母。後の鳩山一族の礎を築いた人である)だったらしい。

有島の小説は、一九一一(明治四四)年から二年間、『或る女のグリンプス』のタイトルで「白樺」に連載された(この時のヒロインの名は田鶴子《たづこ》だった)。

事件のディテールや葉子(田鶴子)の心情は創作だったにせよ、事実関係としては鎌倉丸の事件をほぼ踏襲していたといえる。だが有島はそこで終わらせず、後半に二人の帰国後の物語を加えて、一九一九(大正八)年、『或る女』を発表した。

船が帰途につくまで前編(一〜二一章)における葉子は、好き嫌いはあるにせよ、きわめて自由奔放、男を次々に手玉に取る目の覚めるような女性として描かれている。ところが後編（二二～四九章）の雰囲気はがらりと変わる。帰国後の葉子は、男にすがり、嫉妬に苦しむしけた女に変貌してしまうのだ。以下、簡単に経緯だけをたどっておこう。

スキャンダルが待っていた

帰国後の二人を待っていたのは、スキャンダルだった。

倉地とともに宿泊した横浜の宿で、葉子は新聞で不愉快な記事を目にする。

そこには〈某大汽船会社船中の大怪事／事務長と婦人船客との道ならぬ恋──／船客は木部孤笻の先妻〉という見出しがついていた。

〈船客に対して最も重き責任を担うべき事務長にかかる不埒の挙動ありしは、事務長一個の失態のみならず、某汽船会社の体面にも影響する由々しき大事なり〉

この記事を載せた「報正新報」は、くだんの田川法学博士の機関新聞だった。田川夫人がチクッたにちがいなかった。やがて倉地は免職になった。

一方、葉子は妹の愛子と貞世を呼び寄せて、三人で暮らしはじめた（後にこの家は美人屋敷と噂されるようになる）。醜聞を払拭するには倉地との結婚を急ぐのが最善だが、倉地は妻と離婚する気があるのかないのかわからず、二人の関係は公にできない。

葉子は妹たちに説明した。〈倉地っていうかたね、絵島丸の事務長の……（略）あのかたが今木村さんになりかわって私の世話を見ていてくださるのよ。木村さんからお頼まれになったものだから、迷惑そうにもなく、こんないい家まで見つけてくださったの〉

葉子を変えた理由その一、経済的基盤

恋愛は一時の激情ですむが、生活はそうはいかない。

かつて彼女は〈平凡な人妻となり、子を生み、葉子の姿を魔物か何かのように冷笑《あざわら》おうとする〉旧友たちを心の底から軽蔑し、あざ笑っていた。だが、気がつけば〈洋行前の自分というものをどこかに置き忘れたように、そんなことは思いも出さないで、旧友たちの通って来た道筋にひた走りに走り込もうとしていた〉のである。

〈私はもう日蔭の妾としてでも囲い者としてでもそれで十分に満足します〉

こんなこと、以前の葉子だったら死んでも口にしなかっただろう。

葉子を変えた原因はどこにあったのだろうか。

失敗の第一の原因はきわめて単純。カネである。

葉子の最大の弱点は経済的な基盤を後にも先にも持っていないことだった。父母が他界して後ろ盾を失った葉子は、男に頼る以外に生きる術がなかったのだ。木村との結婚を決めたいちばんの理由はそれ、倉地にしがみつく理由のひとつもそれである。〈事務長をしっかり自分の手の中に握るまでは、早計に木村を逃がしてはならない〉と考えた彼女は、木村との婚約も解消しなかった。送金をあてにしたためである。

彼女に潤沢な資産があれば、倉地に対してこれほど卑屈になる必要もなかっただろうし、木村をきっぱり袖にすることもできたはずだった。

だったら働きゃいいじゃん、とは誰しも考えるところである。

有島と同時代の作家・宮本百合子もこの点を疑問視し、〈経済的なよりどころとして葉子の生活においては次から次へ男が必要であったこと。葉子自身がただの一度も自主的に何とか経済的な面を打開しようと思っても見なかったこと〉が不幸の原因であることに葉子も作者も気づいていないと記している（「『或る女』についてのノート」一九三六年）。

背に腹は代えられない。いくら女性の職種が限られていたとはいえ、この時代、教師であれ芸者であれ、自立する道がなかったわけではないのである。

葉子を変えた理由その二、男の選択ミス

いやべつに無理して働かなくてもいい。働きたくなれば、頼りがいのある資産家のスポンサーを確保するまでだ。ところが、彼女はそっちの道も放棄した。葉子が失敗した第二の理由は、一時の恋愛に溺れて、自身の将来を棒に振ったことである。

許嫁の件はともかく、彼女は外国に憧れていた。船が港に入る合図の汽笛を聞いた際、葉子は感慨にふけったのだ。〈十四、五の時から新聞記者になる修業のために来たい来たいと思っていた米国に着いたのだ。来たいとは思いながら本当に来ようとは夢にも思わなかった米国に着いたのだ〉と。それなのに、夢にまで見た米国より、昨日今日の恋愛相手を葉子は選んだ。このへんに彼女の思慮の浅さが露呈している。

上陸してしまえばこっちのものだ。好きでもない木村など、木部と同じように適当な時期が来たら捨てて、新天地で新しい人生をはじめればよかったのだ。えっ新恋人？　そんなの一時の気の迷いだ。倉地程度の男、彼女ならいくらでも見つけられただろう。

そう、葉子は男の選び方も間違っていた。

打算的に見えて、葉子は計算ができない女である。金持ちと結婚した『三四郎』の美禰子や『金色夜叉』の宮ほどの計算もできない。贅沢好きで見栄っ張りな女性である。男を手玉に取る術にも長けている。ならば船の事務長なんていう半端な男性ではなく、もっとリッチな男を捕獲すればよかったのだ。絵島丸には独身の上客も乗っていたはずなのに。

葉子の行動のビジョンのなさは、むしろ驚嘆に値する。

音楽学校は早々に退学した。新聞記者にもなりたいと「思った」だけ。職業的な達成に執着がないだけでなく、結婚にも執着がない。玉の輿願望もない。自分の将来について彼女は考えてこなかった。考えないまま、二五歳になってしまったのである。

彼女の定見のなさは、周囲にいる男たちのクオリティからも垣間見える。

葉子に人生を狂わされた男たち

物語に登場する（葉子と恋愛関係に至ったか至る可能性があった）男性は五人いる。いわば葉子に人生を狂わされた犠牲者たちだ。ひとりずつ見てみよう。

①生活力のない元夫・木部孤笻

葉子の最初の結婚相手である。当時二五歳だった木部は文壇では名の知れた存在だったし、従軍記者としての活躍も華々しかった。木部が葉子にひと目惚れして二人の関係ははじまったが、それを知った母が激怒。実際、結婚してみると木部は抑圧的で〈平凡な気の弱い精力の足りない男にすぎなかった〉。すぐに葉子は愛想をつかした。

〈感傷的なくせに恐ろしくわがままで、今日今日《こんにち》の生活にさえ事欠きながら、万事を葉子の肩になげかけてそれが当然なことでもあるような鈍感なお坊ちゃんじみた生活のしかたが葉子の鋭い神経をいらいらさせだした〉のである。

別れた後、木部は荒れた。後日、葉子と偶然出くわした木部は自嘲的にいった。〈私はあれから落伍者です。何をしてみても成り立ったことはありません。妻も子供も里に返してしまって今は一人でここに放浪しています〉。葉子の犠牲者第一号だ。

②お人好しの婚約者・木村貞一

木村は葉子姉妹と母が一時住んでいた仙台（早月夫妻は一時仲がこじれて別居していたのである）で、スキャンダルに巻きこまれた際、救ってくれた人だった。

葉子の過去をすべて知ったうえで葉子との結婚を望んだ木村は、母が見込んだだけあり凡庸だが善良な人物である。ただ、シカゴで興した貿易会社は好調とはいえず、経済はカツカツだった。それでも木村は日本の葉子に手紙を書き、金を送り続けるのだ。

自分が金ヅル扱いされているとも知らず、〈どんなにあなたが傷ついていても、僕はあなたを庇って勇ましくこの人生を戦ってみせます〉と訴えてくる木村。葉子ときっぱり縁が切れれば新しい人生をスタートできただろうに。葉子の犠牲者第二号である。

③無条件の信奉者・岡一《はじめ》

船の中で葉子と出会った青年である。ボストンの大学へ向かう途中だったが、葉子をひと目見た途端、夢中になった。少年らしさが残る岡に葉子は興味を持った。〈私の部屋へもよろしかったらいらっしゃいまし〉と誘っても彼は部屋に来なかったが、〈あなたにお逢い申してから僕もシカゴに行きたくなってしまったんです〉〈僕はただ……あなたのいらっしゃるところにいたいんです〉とゴネだす始末。倉地や木村ともすぐ懇意になるあたり、育ちのよさはうかがえるにしても、坊ちゃんっぽさは否めない。

そして実際、前言通りに岡は留学を早々に切り上げ、日本に戻って葉子の前に現れるのだ。美人屋敷に入り浸って、いいように使われる岡。船上で葉子に出会いさえしなければ、ボストンで学業を全うできただろうに。犠牲者第三号である。

④破滅的な恋の相手・倉地三吉

おそらく倉地は葉子が生涯で唯一本気で好きになった人である。野性的で粗野なムードをたたえた倉地は、それまでの葉子の周辺にはいなかったタイプだろう。とはいえ人生を賭けるほどの魅力があったかどうかは疑わしい。だいたい、事務長（とは客船のサービス部門を統括するマネジャーである）という要職にありながら、女性客に手を出している時点で、職業人失格、男としても失格だ。葉子はしかし直感するのだ。

〈はじめて猛獣のようなこの男を見た時から、稲妻のように鋭く葉子はこの男の優越を感受した。世が世ならば、倉地は小さな汽船の事務長なんぞをしている男ではない。自分と同様に間違って境遇づけられて生まれて来た人間なのだ〉

恋は盲目ってやつである。しかし、この恋の代償はあまりにも大きかった。

倉地は彼の家庭（妻＋三人の娘）と早月家（葉子＋二人の妹）の板挟みになり、なおかつ二つの家庭の家計を支えなければならなくなった。〈なんぼ痩せても枯れても、俺は女の子の二人や三人養うにことは欠かんよ〉と虚勢を張っても、しょせんは一介の会社員だし、その会社もクビになってしまった。葉子にもわかっていた。〈彼は妻子を犠牲に供し、自分の職業を犠牲に供し、社会上の名誉を犠牲に供してまで葉子の愛に溺れ、葉子の存在に生きようとしてくれている〉のだと。犠牲者第四号である。

使い物にならない文士。気はいいが成功していない実業家。可愛いだけが取り柄の坊や。そして女性客に手を出した妻子持ちの会社員。いっちゃなんだが、葉子が人生を預けられるような度量があるとは思えない男ばかりだ。

葉子の行動の謎を解く

葉子を取り巻く男には、じつはもうひとりいるのだが、その話は後回し。なぜこの人は、後先を考えず激情に身を任せてしまうのか。なぜ自分の将来を見ようとせず、その場その場の欲望だけで突っ走るのか。

あえて邪推するなら、そこには彼女が育った環境が影響しているように思われる。葉子の母・早月親佐《おやさ》は「キリスト教婦人同盟」の熱心な活動家である（ちなみにモデルになった佐々城豊寿も、婦人矯風会の活動家だった）。

作中には明示されていないものの、仮に母の活動が矯風会に準じるものだったとするならば、葉子は母の活動にも思想にもウンザリしていたはずである。矯風会はキリスト教思想に基づいて廃娼運動や禁酒運動を推進し、後には婦人参政権運動にも参加するなど、近代日本で大きな役割を果たした婦人団体である。だが、それはそれ。娘の目から見れば母は「社会正義を振りかざす偽善的な名流婦人」の別名にすぎない。

葉子は自分が「規格外」であることを知っていた。自ら進んで「規格外」であろうとした節もある。そこには女をあまねく縛る家父長制への反発と同時に、清貧を尊び、性道徳に厳しいキリスト教的禁欲主義への反発もあったのではなかろうか。

やはりクリスチャンである木村が、何事も神様は知っている、そこに希望があると諭した際、葉子はヘキエキとした気分で考える。〈木村の希望というのはやがて失望にそして絶望に終わるだけのものだ。何の信仰！　何の希望！〉

正義、道徳、良識、希望、信仰、神の愛……。葉子にはすべてが憎悪の対象だった。

もっといえば、葉子は世界を憎悪していた。

彼女の行動は、いつも反抗、反発、造反といった負の感情から出発している。木部と結婚したのは母に猛反対されたから。木村と婚約したのは半ば捨て鉢気分。岡と仲良くしてやったのも、倉地との恋愛さえも、田川夫人をはじめとする船内の空気に逆らう気分と無関係だったとはいえない。彼女を突き動かしているのは常に破壊衝動だ。

育った環境に加え、十代の頃から積み重ねてきた肉食系女子としての男性遍歴、とりわけ木部との結婚の破綻が彼女をますます虚無的にした。〈葉子を確実に占領したという意識に裏書きされた木部は、今までおくびにも葉子に見せなかった女々しい弱点を露骨に現わし始めた〉。この経験が「男一般」、ひいては「男社会全般」に対する不信と憎悪につながった可能性は高い。

彼女の恋愛流儀について語り手はいう。〈恋の始めにはいつでも女性が祭り上げられていて、ある機会を絶頂に男性が突然女性を踏みにじるということを直覚のように知っていた葉子は、どの男に対しても、自分との関係の絶頂がどこにあるかを見ぬいていて、そこに来かかると情け容赦もなくその男を振り捨ててしまった〉

こうなると恋愛はもう、女を踏みにじる男社会への復讐に近い。葉子は人が求める良識的な方向とは逆の道を選ぶ「破滅型の女」である。こういう人に前向きのアドバイスは通用しない。「働けば?」などと助言したところで彼女は耳を貸さなかっただろう。

隠れたキーパーソン・古藤義一

後回しにしていた「もうひとりの男性」について。

古藤義一《ことうぎいち》。この人は木村と同窓の親友である。『或る女』というテキストの最初から登場し、最後まで葉子を見届けるのが古藤である。

葉子にとっての古藤は、やや煙たいが身近な話し相手であり、パシリ（使いっ走り）であり、もっといえば便利屋だった。渡航前の買い物に付き合ってやり、船の切符を受け取りにいき、彼女が渡米した後二人の妹の私塾入りを手配してやり……。

物語の中で葉子に唯一なびかなかったのも古藤である。例によって邪悪な破壊衝動から〈一夜のうちに木村とは顔も合わせることのできない人間にしてみたくってたまらなくなった〉葉子は、一度は彼を誘惑した。しかし古藤は乗ってこなかったのだ。

葉子と一定の距離を保つ古藤は、彼女に対して唯一ズケズケものをいい、唯一前向きなアドバイスをする人物である。横浜港を発つ際、彼は葉子に手紙を渡した。

〈結婚を承諾した以上はその良人に行きづまるのが女の人の当然な道ではないでしょうか。木村君で行きづまってください。木村君にあなたを全部与えてください〉

古藤までそんな分別くさいことをいうのかと葉子は思っただけだったが、おそらく作中で葉子をもっとも深く理解していたのは古藤だったと思われる。

帰国後、木村との関係をだらだら続ける葉子と倉地に古藤は意見する。

〈葉子さん、あなたは本当に自分を考えてみて、何処か間違っていると思ったことはありませんか〉〈このさいあなたと倉地さんとの関係を明らかにして、あなたから木村に偽りの

ない告白をしていただきたいんです〉

「古藤というのは私です」と作者自身が述べているように、古藤は作中で唯一まともな青年である。古藤と比較すると、倉地の卑小な人間性が嫌でも際だつのだけれど、理性を破壊するのが恋愛だ。古藤にしておきなさいよ、と葉子にいっても無駄だろう。

破滅に向かって一直線

さて、物語にはまだ続きがある。

会社を馘首《かくしゅ》された倉地は、軍事上の機密がからんだ外国人相手のあやしげな水先案内業に生計の先を求めた。一方でシカゴの木村の事業は上向いてきた。

〈葉子一家は倉地と木村とから貢がれる金で中流階級にはあり得ないほど余裕のある生活ができたのみならず、葉子は十分の仕送りを定子にして、なお余る金を女らしく毎月銀行に預け入れるまでになった〉。暮らし向きは向上したのだ。

ところが、ちょうどそのころから、葉子は激痛をともなう病魔に襲われるのである。子宮後屈《こうくつ》症と子宮内膜炎を併発した結果だった。

心労の原因はまだあった。一六歳になった妹の愛子が、美人屋敷の女王だった葉子の座をおびやかしはじめたのだ。あれほど葉子を慕っていた岡が、愛子に心を奪われているのは明らかだった。葉子は容色の衰えを自覚せざるを得なくなる。疑心暗鬼は膨らんでいく。倉地も、そしてあるいは古藤も、愛子とデキているのではないか……。

加えて下の妹・貞世が腸チフスに感染。隔離病棟で死線をさまようことになる。心身の疲労は限界を越え、葉子は時に錯乱状態に陥り、妹に暴力をふるうまでになる。

そんな矢先、ヤバい仕事に関わって警察に追われていた倉地が姿を消した。手紙には〈金も当分は送れぬ。困ったら家財道具を売れ。そのうちにはなんとかする。読後火中〉と書かれていた。倉地との恋愛は、事実上、ここで終わりだった。

反省しない葉子も、さすがにわが身を省みざるを得なくなる。

子宮手術の前日、彼女は考えた。〈間違っていた……こう世の中を歩いて来るんじゃなかった。しかしそれはだれの罪だ。わからない。しかしとにかく自分には後悔がある。できるだけ、生きてるうちにそれを償っておかなければならない〉

死を意識した葉子は、付き添いの女性に短い言葉を書き取らせ、その紙を枕の下に入れるよう頼んだ。ちょっと長くなるが、あえて一部を引用しておきたい。

〈木村さんに。／わたしはあなたをいつわっておりました。わたしはこれから他の男に嫁入ります。あなたはわたしを忘れてくださいまし〉。〈倉地さんに。／わたしはあなたを死ぬまで。けれども二人とも間違っていた事を今はっきり知りました。死を見てから知りました。あなたにはおわかりになりますまい。わたしは何もかも恨みはしません〉。〈木部さんに。／一人の老女があなたの所に女の子を連れて参るでしょう。その子の顔を見てやってくださいまし〉。〈愛子と貞世に。／愛さん、貞ちゃん、もう一度そう呼ばしておくれ。それでたくさん〉。〈岡さんに。／わたしはあなたをも怒ってはいません〉。〈古藤さんに。／お花とお手紙とをありがとう。あれからわたしは死を見ました〉

彼女の犠牲になった者たちへの贖罪、あるいは世界との和解のメッセージである。

しかし、葉子は手術の三日後、突然の高熱と腹痛に襲われるのだ。そしてテキストは〈痛い痛い痛い……痛い〉という葉子の悲痛な叫びで幕を閉じるのである。

死を暗示した結末。肉食系女子の罪は肉体の苦痛と消滅によって贖わなければならない、とでもいうような制裁的、懲罰的なラストである。

古いジェンダー規範に逆らうかのような『或る女』は、破滅に向かって一直線の後編と、葉子を殺したラストゆえに評価を下げているといっても過言でない。

葉子はなぜ死ななければならなかったのか。別言すれば作者はなぜ葉子を殺したのか。

姦通罪と検閲制度

その前にちょっと寄り道。文学に関係するこの時代の法律を見ておきたい。

まず「姦通罪」である。これは既婚女性が夫以外の男性と関係をもった場合に適用され、不貞を働いた妻と相手の男性が処罰の対象となった。既婚男性が妻以外の女性と関係を持つのはＯＫ、妻だとＮＧ。明らかに片務的、差別的な法律だ。

夫からの親告罪だったため、姦通罪の適用例は必ずしも多くはなかったようだが、妻の不貞を犯罪と認定する社会において、婚外恋愛への軋轢《あつれき》は今日の比ではなかったはずだ。しかも旧刑法の公布と同時に導入された姦通罪は、一九〇七（明治四〇）年に重罰化（禁固刑→懲役刑）が図られた。婚外恋愛はかなり危険な行為だったのだ。

もうひとつは「検閲」に関する法律である。

戦前の印刷物は、書籍などの出版物に対する「出版法」（一八九三＝明治二六年）と、新聞や雑誌に対する「新聞紙法」（一九〇九＝明治四二年）に縛られていた。

取り締りの対象は「安寧秩序を妨害するもの」「風俗を壊乱するもの」など多岐にわたり、たとえば露骨な性描写は「風俗壊乱」に該当した。

戦前の小説には具体的な性描写が少ない。森鷗外『青年』では、そこまで普通の語りで進んできたテキストが、「童貞喪失」の場面で突然、〈己は知らざる人であったのが、今日知る人になったのである〉という抽象的な表現に置きかえられる。

細井和喜蔵『奴隷』『工場』はもっとわかりやすい。作者の校閲を経ず、作家の死後に出版されたこの本には「××××」という伏せ字（検閲を免れるために編集部が行った自主規制の跡）が、ところどころ見つかる。前後の文脈から類推するに、多くの「××××」は工場の権力者が女工を手込めにするなどの性暴力シーンに付されている。和喜蔵が怒りを込めて書いただろう箇所が版元（改造社）の手で消されてしまったのだ。

理不尽な話ではある。が、一歩間違えば発禁処分にもなりかねない以上（実際、改造社は頻繁に発禁を食らっていた）、作家も版元も慎重にならざるを得なかったのは事実だろう。明治・大正・昭和戦前期の作家は、表現の自由を制限するこのような環境の下で青春を書き、恋愛を書いていたのだ、ということは一応認識しておいてもよいだろう。

葉子の死の意味

ところで検閲制度は、小説内の姦通も「風俗壊乱」「乱倫事項」として取り締りの対象にした。ときには姦通が「どう描かれたか」まで問題にした。城市郎『定本　発禁本——書物とその周辺』は、「姦通した女を殺していない」という理由で、発禁の査定になった小説の例をあげている。「姦通を否定的に描いているかどうか」が問われたのだ。

そこで話は『或る女』に戻る。

葉子と木村は正式な夫婦ではないので、彼女と倉地の恋愛は厳密にいえば姦通罪には該当しない。しかし新聞がスキャンダルとして書き立てたことでもわかるように、反社会的な恋愛であるのは間違いなく、「風俗壊乱」には当たるだろう。

だからこそ「監視をすりぬける」「敵をあざむく」ためにも、葉子を殺しておく必要があった。私の想像する、いささか現実的な、葉子を殺した理由その一である。

理由その二は（こっちのほうがほんとは重要）、文学的にも、これ以外の結末は考えられないからだ。葉子が仮に死ななかったらどうなったか。この先も倉地と木村に頼って生きてゆくか、改悛して職を探すか。どちらにしても、それは妥協だ。

ともあれ葉子は、誰にも強制されることなく、多くの男性を踏みつけにして生きてきたのだ。その落とし前はどこかでつけなければならない。

葉子の死だけに着目すれば、たしかにそれは肉食系女子に対する「懲罰」であり「因果応報」である。しかし、葉子のいない世界にもたらされるのは、むしろ彼女が嫌いだった希望と平和である。彼女の死で、少なくとも犠牲者第一号〜第四号は葉子の呪縛から解放され、人生の再スタートを切るだろう。葉子が愛した妹たちや娘を、それでも心優しい木村や岡や古藤は（場合によっては倉地も）見捨てないだろう。皮肉なことに、葉子が踏みにじった取り巻きは、愛子や貞世にとっては姉が残してくれた貴重な人的財産なのだ。

愛されないヒロインの最期

早月葉子は、近代文学史上もっとも「愛されないヒロイン」かもしれない。

葉子に同情的な批評が増えるのは、憲法や民法で男女平等が保障された戦後になってからで、発表当時の評価は必ずしも芳しくなかった。

世界文学の中で葉子に似た女性を探すとしたら、マーガレット・ミッチェル『風と共に去りぬ』(一九三六年)の主人公、スカーレット・オハラだろう。容色を武器に男から男へと渡り歩く点でも、高慢で反省を知らない点でも、二人はよく似ている。

物語の最後でレット・バトラーに捨てられたスカーレットは「明日は明日の風が吹く」といって出直しを誓う。一方、病魔のおかげで葉子は出直しのチャンスを失った。

それでも『或る女』が『風と共に去りぬ』より一七年も早く書かれたことは特筆に値する。それも男尊女卑で有名な極東の島国で。姦通罪や検閲の網をかいくぐって。

葉子は元来、誇り高い女性である。

死の間際、激しい苦しみの中で、葉子は付き添いの女性を呼び、枕の下の書き物を出せと命じるのだ。前に引用した、周囲の者たちへの贖罪と和解のメッセージである。

それを〈焼いて〉と葉子はいった。〈今見ている前で焼いて捨てろ〉と。

最後の最後に発動された情動的、破壊的な行動。〈なんにもいわないで死のう〉と彼女は

考える。〈もういい……誤解されたままで、女王は今死んで行く……〉

和解のチャンスを自ら断った葉子は「破滅型」の矜持をこうして保った。良識的な世間に屈服することを拒んだのだ。あっぱれである。

はたして作者の有島武郎は葉子をどう見ていたのか。諸説あるものの、半分は古藤、半分は葉子に自分を重ねていたと見るのが妥当だろう。その観点でいえば、葉子の病と死は「懲罰」というより「自罰」だったようにも思われる。

その有島は『或る女』の四年後、人妻だった編集者の波多野秋子と軽井沢で情死した。

一方、スキャンダルの主になった佐々城信子は、内縁関係とはいえ武井勘三郎との間に一女をもうけて二〇年ともに暮らし、武井と死別した後も七一歳まで生きた。現実を生きる女性は物語のヒロインより逞しいのである。

荘田瑠璃子の戦略——菊池寛『真珠夫人』（一九二一＝大正一〇年）

華麗なるエンターテイメント

大正モダンガールを先取りした作品をもう一冊。『不如帰』『金色夜叉』に次ぐ、戦前の人気作品、菊池寛『真珠夫人』（一九二一＝大正一〇年）である。

大阪毎日新聞・東京日日新聞の連載中（一九二〇年六月〜一二月）から人気を博し、同年に前編が、翌年に後編が出版されると、たちまちベストセラーになった。

長く忘れられた作品だったが、二〇〇二年にテレビドラマ化されて（ただしドラマは戦後に舞台を移し、物語も脚色されている）、新しい読者を獲得した。

それもそのはず。スリルあり、サスペンスあり、活劇あり。『真珠夫人』は巧妙に仕組まれたエンターテイメント小説（当時の言葉で通俗小説）なのだ。

菊池寛は後に文藝春秋社を創業し、芥川賞・直木賞を創設した文壇きっての仕掛け人、スーパープロデューサーになった人である。『真珠夫人』は彼を売れっ子作家にした作品だった。そこには新聞記者時代に培った嗅覚と知見が生かされていたにちがいない。『或る女』の早月葉子と同じく、『真珠夫人』のヒロインも美貌を武器に世渡りしていく女性である。だが、色っぽいタイトルに惑わされてはいけない。主人公は理知的で、かつ雄弁家。あと半世紀遅く生まれていたら、弁護士にも代議士にもなれただろう。

本書のテーマはズバリ、復讐だ。さてどんな復讐？

物語の構造は「仇討ち物」

物語は大きく前編と後編に分かれている。

前編は、家族や主君のカタキを残された者が打つ、「忠臣蔵」なんかと同じ近世の「仇討ち物」に近い。つまり物語の構造としては、そう新しくはない。だがそこに盛り込まれた意匠はきわめて新しかった。ともあれ中身を読んでみよう。

そもそもの発端、忠臣蔵の「松の廊下」にあたる場面は、ある春の日の園遊会だった。主催者は実業家の荘田《しょうだ》勝平。第一次大戦で大儲けした成金で、大臣や大銀行の頭取といった政財界のお歴々が集まったこの日の園遊会にもひどくご満悦だった。

さて、園遊会には、ひと組の若い男女が参列していた。

女性は唐沢瑠璃子《るりこ》、唐沢男爵の令嬢で、高等女学校を出たばかり（満一七歳？）である。男性は杉野直也。杉野子爵の長男で、学習院の高等科を出たばかり（二一～二三歳？）。二人は将来を誓った仲で、絵に描いたような美男美女である。

ところが、見目麗しいこの二人、口はすこぶる悪いのだ。〈まあ、ひどい混雑ですこと。妾《わたし》いやになりましたわ〉〈どうせ、園遊会なんてこうですよ〉にはじまって、〈お金さえかければいいと思っているのでしょうか〉と彼女がいえば〈成金といったような連中は、金額ということよりほかには、何にも趣味がないのでしょう〉と彼が応じ、批判は庭の趣味の悪さにまでエスカレートする。

陰で二人の会話を聞いていた荘田は、堪忍袋の緒が切れた。

自分がこの家の主人だと名乗り出た荘田は〈今にお判りになりますよ。金が、人生に於てどんなに大切であるかが〉と嫌みったらしく脅したが、青年は少しも動じず〈僕などは、そうは思いません〉と返してきた。少女は軽蔑もあらわにいった。〈もういいじゃございませんか。私達が、参ったのがいけなかったのでございますもの〉

この生意気なクソガキが！

この一件は予想外の波紋をもたらすことになった。

二人の毅然とした態度に「負けた」と感じた荘田は彼らに嫉妬すら覚え、報復を誓うのだ。〈俺《わし》の金力を、あれほどまで、侮辱した青年を〉、そして〈青年に味方して、俺にあんな憎悪の眼を投げた少女を、金の力で髄までも、思い知らしてやるのだ〉と。

瑠璃子、戦闘美少女になる！

荘田の意趣返しは意表を突くものだった。仲介者を通じて瑠璃子と結婚したいといってきたのだ（仲介者はしかも直也の父だった）。支度金は三〇万円（現代の相場に換算すると三億円！）まで出す、という条件つきで。

瑠璃子の父は激怒した。〈この年になるまで、こんな侮辱を受けたことはない。（略）三十万円は愚か、千万一億の金を積んでも、娘を金のために、売るものか〉

荘田はしかし、唐沢家が喉から手が出るほど金がほしいことを知っていた。

瑠璃子の父・唐沢光徳は貴族院議員である。三〇年来、藩閥政治と戦ってきた「闘将」として名を馳せた人物だ。が、「貧乏華族」で、選挙資金に財産をつぎこんで家屋敷は抵当に入っており、借金もかさんでいた。片方では支度金をちらつかせ、片方では債権を買い集めて返済を迫る、横領罪で告訴するなど、唐沢をじわじわ追い詰める荘田。

父が自殺未遂を図るに至り、ついに瑠璃子は反撃に出た。

〈お父様！　金さえあれば悪人がお父様のような方を苦しめてもいいのでございましょう

か〉〈妾《わたくし》の力で荘田を罰してやります。妾の力で、荘田に思い知らせてやります〉

荘田も荘田なら、瑠璃子も瑠璃子。ユーディット（旧約聖書に登場する少女。容色に魅せられた敵将を閨房で殺傷する）になぞらえて、自分は荘田と結婚するといいだした。

〈結婚は手段です。あの男に対する刑罰と復讐とが、それに続くのです〉。彼女の思惑はそこにとどまらなかった。〈妾が、戦わなければならぬ相手は荘田勝平という個人ではありません。荘田勝平という人間の姿で、現れた社会組織の悪です〉

敵は社会悪！　まるでセーラームーン、戦闘美少女の誕生である。

瑠璃子は恋人に手紙を書いた。〈妾はありとあらゆる手段と謀計とでもって、妾の貞操をあの悪魔のために汚されないように努力する積りです〉〈妾の結婚は、愛の結婚ではなくして、憎しみの結婚です〉〈妾のためにどうか、勝利をお祈り下さい〉

よし、行けセーラームーン。

直也、暴徒と化す

ところが、この手紙を読んだ直也は意外に血の気の多い人物だった。〈かよわい女性が、貞操の危険を冒してまで、戦っている時に、第一の責任者たる自分が、茫然と見ていられるだろうか〉と考えた直也は、後先考えず荘田邸に乗り込んだ。

直也の父・杉野子爵も貴族院議員である。唐沢と同じ派閥に属していたが、いまや荘田の腰巾着たる金満政治家になり果てて、その日も荘田邸にいた。〈貴君《あなた》は、自分がやったことを恥だとは思わないのですか〉と問う直也に荘田は答えた。〈君こそ金の力で自分の父を買収され、恋人を奪われてしまったではないか。〈貴君こそ、自分の不明を恥じて、私の前でいつかの暴言を謝しなさい！〉

それで逆上した直也は、ピストルで荘田を撃ってしまったのである。

弾は荘田を外れて、荘田の娘・美奈子を直撃。幸いにも傷が浅かったうえ、美奈子は懇願した。〈お父様！　お願いでございます。どうぞ、内済にして下さいませ！〉〈あの方が牢へ行かれるようなことが、ございましたら、妾は生きては、おりません〉

その日から直也は消えた。美奈子の懇願もあり荘田の温情で罪は免れたものの、学業を捨て、親戚が経営するボルネオのゴム園に行ったと後日、瑠璃子は噂で聞く。

タキシード仮面（とはセーラームーンを陰で見守る用心棒だ）は、後先を考えない軽率な行動で、あっさり舞台から消えてしまうのだ。

役に立たない男たち

と、ここまでが物語の序盤である。

行動のモチベーションは、荘田も復讐、瑠璃子も復讐、直也もまた復讐である。復讐は必ず連鎖する。だから明治政府はいち早く「仇討禁止令」を出したのだが、私憤や義憤に燃える復讐の鬼と化したこの人たちに常識は通じない。

前編の物語についていえるのは、概して男たちが「使えない」ということだろう。唐沢家は母を失った父子家庭である。瑠璃子の上には兄がいるが、兄すなわち長男の光一は画家志望で、〈堂々たる男子が、画筆などを弄んでいてどうするのだ〉〈男子として、立派な仕事です〉と父と言い争ったあげく、家を出ていってしまった。

せめて兄が家にいれば、父娘の窮地に際して少しは力になり、瑠璃子がひとりで戦うこともなかっただろう。直也にしても、瑠璃子を外からサポートするなり、こっそり会って恋人を励ますなり、できることは多かったはずである。それなのに、もう！

父はやられっぱなし。兄は音信不通。恋人も音信不通。恋人の父親は瑠璃子に謝罪に現れるでもなく、ただただ自分の不明を恥じている。これならじっくり策を練って行動する荘田のほうが一代で財を築いた人だけあり、まだしも社会性が高い。

実際、結婚してみると、荘田は悪徳商人の外面とは裏腹に意外と情に厚い人物だった。荘田勝平は四五歳。家では二人の子どもの父である。

瑠璃子にとって予想外だったのは、父親は悪魔でも、二人の子どもが天使みたいだったことだろう。長男の勝彦は二二～二三歳。知的障害のある、邪気のない若者だった。長女の美奈子は一五～一六歳。瑠璃子とあまり年が違わず、直也への温情を父に願い出たことでもわかる通り、心やさしい少女である。瑠璃子は二人とたちまち打ちとけ、兄妹も瑠璃子を「お姉さま」と呼んで慕うようになった。味方は敵の陣内にいたのである。

本懐は遂げられたが……

復讐譚は続く。

瑠璃子の当面の目標は貞操を守ることだったが、それは想像以上に困難だった。あの手この手で瑠璃子は荘田の手を逃れていたが、いつまでもそれが続くはずもない。

自分には身体を許さないのに、息子の勝彦とはことのほか親しげな瑠璃子。ある夜、荘田が瑠璃子の部屋に忍び込もうとすると、部屋の前に勝彦がいた。

〈だって、お姉さまは、来てもかまわない！　と云ったよ〉〈部屋の前になら、いつまで立っていてもいいって、番兵になってくれるのならいいって！〉

頭をガンと殴られたような気がした荘田は、瑠璃子を葉山の別荘に誘った。子どもたちと妻を引き離すためである。妻の歓心を買おうと荘田は必死だった。

しかし、再び事件が起きた。〈俺は、貴女から、夫として信頼され愛されさえすれば、どんな犠牲を払ってもいいと思っているのです〉。切々と思いを訴える荘田。情にほだされそうになりながらも、〈お前は、最初のあれほど烈しい決心を忘れたのか。正義のために、私憤ではなくして、むしろ公憤のために、相手を倒そうという強い決心を忘れたのか〉と自らを鼓舞する瑠璃子。二人の均衡が崩れ、とうとう荘田が瑠璃子に襲いかかった時、激しい音とともに何者かが部屋に侵入し、荘田を組み伏せた。

勝彦だった。嵐の中、東京からひとりで葉山まで来た勝彦は、ナイトのように「姉」を守ったのである。ショックのあまり荘田は心臓麻痺を起こし、そのまま息を引き取ってしまった。いまわの際に、〈頼みます、美奈子と勝彦のこと。貴女は、俺を憎んでいても、子供達は憎みはしないでしょう〉という言葉を残して。

『真珠夫人』は基本、近世の仇討ち物と同じ勧善懲悪劇である。結婚したのが九月。荘田が死んだのが一〇月。わずかひと月で本懐は遂げられたのだ。

本来ならばここで物語は終わり、瑠璃子は、①夫の遺言通り兄妹の義母として、夫の事業も引き継ぎ、残りの人生を生きるか、②ボルネオだかに逃亡した直也を探し出し、過去を清算して新しい人生をはじめるか、道はいくらでもあっただろう。

しかし瑠璃子はどちらの道も選ばなかった。夫は思ったほどの巨悪ではなかった。彼も人の親だった。そのことが彼女にわだかまりを残した。そして瑠璃子は変わるのだ。

瑠璃子に籠絡された男たち

徹底したリアリズムと精緻な心理描写で押す『或る女』と、ジェットコースター式のストーリー展開で読ませる『真珠夫人』とでは、だいぶ読み心地が異なる。後者には、そんなバカなと思わせる部分もなくはない。しかし、ウソくさい点にこそ読者は熱狂する。貞操の危機をかけて戦う前編の瑠璃子は痛快だし、後編もまたしかり。

二年後、瑠璃子は自宅の居間に男たちを集めるサロンの女主人になっていた。外務官僚、洋画家、帝大生や慶大生、一流企業の社員、少壮の代議士、新進作家……。集まっているのはエリートばかり。みな瑠璃子を崇拝する者たちだ。

瑠璃子の歯牙にかかった男たちの中でも、特に重要な人物は三人いる。

①事故死した帝大生・青木淳（青木兄）

青木は帝大の学生だった。自分だけが瑠璃子に愛されていると信じていたが、瑠璃子にもらったのと同じ時計を他の男も持っていたと知り、絶望して自殺を決意する。だがその矢先、自動車事故に遭って命を落としてしまうのだ。彼女の犠牲者一号である。

②青木の悲劇に立ち会った男・渥美信一郎

信一郎は青木とたまたま同じ車に乗り合わせ、青木の最期に立ち会った男性である。詳しいことはわからぬまま、青木から時計とノートを託され、瑠璃子を探し出したのだ。

瑠璃子に音楽会に誘われた信一郎は、彼女の美しさに魅了され、〈妾、かねてから、貴君のようなお友達が欲しかったの。本当に妾の心持を、聴いて下さるような男性のお友達が、欲しかったの〉という殺し文句にクラ～ッとし、誘われるまま荘田邸を訪問する。しかし、そこには見知らぬ男たちがいた。彼は心の中で叫んだ。〈汝、妖婦よ！〉

と同時に、彼は荘田邸で死んだ青木にそっくりの青年を発見し、嫌な予感にとらわれる。それは青木の弟だった。青木兄のノートには苦しい思いが綴られていた。

〈自分は小児の如く、飜弄され、奴隷の如く卑しめられた。しかも美しい彼女の前に出ると、たわいもなく、黙り込む自分だった〉。その兄だけでなく、弟までも、あの毒婦は翻弄するつもりなのか。そしてかつての瑠璃子のように信一郎も闘争心を燃やすのだ。〈今は夫人の美しさに、怖れているときではない。戦え！　戦って、彼女の僅かに残っているかも知れぬ良心を恥しめてやる時だ！〉。またも復讐の鬼の誕生である。

③兄の二の舞になりそうな学生・青木稔（青木弟）

死んだ青木の弟・稔は学習院の高等科に在籍する学生で、信一郎が心配した通り、瑠璃子の毒牙にかかって、兄と同様、自分だけが特別だと信じていた。犠牲者二号予備軍である。問題は、瑠璃子の義理の娘の美奈子が、この青年をひそかに恋していたことである。

瑠璃子はそのことを知らない。大丈夫か美奈子。そして、どうする瑠璃子！

瑠璃子、性の二重規範を問う

その話の前に、渥美信一郎の復讐について。

死んだ青木兄に代わり、妖婦・瑠璃子を後悔させてやる。そう決意した信一郎は、あらためて荘田邸に乗り込むと、青木のノートを見せて瑠璃子に迫った。

〈このノートを読んで、顫《ふる》え戦《おのの》かないのですか。貴女の戯れの作った恐ろしい結果に戦慄しないのですか〉

青木の死の真相を知り、よよと泣き崩れるはずだった瑠璃子は、予想に反して冷たく言い放った。〈でも、妾《わたし》、このノートを読んで考えましたことは、青木さんも普通の男性と同じように、自惚れが強くて我儘であるということだけですもの〉

そして彼女は語り出すのだ。ここは『真珠夫人』の白眉である。

〈男性が女性を弄ぶことを、当然な普通なことにしながら、社会的にも妾《めかけ》だとか、芸妓だとか、女優だとか娼婦だとか、弄ぶための特殊な女性を作りながら、反対にたまたま一人か二人かの女性が男性を弄ぶと妖婦だとか毒婦だとか、あらゆる悪名を負わせようとする〉

〈男性は女性を弄んでよいもの、女性は男性を弄んでは悪いもの、そんな間違った男性本

位の道徳に、妾《わたし》は一身を賭しても、反抗したいと思っていますの〉

彼女がここで糾弾しているのは、今日でいう「性のダブルスタンダード（二重規範）」である。男性の不貞は許し、女性には貞淑を強いる、根源的な性差別のひとつである。

彼女の主張は国家批判にまで及んだ。〈今の世の中では、国家までが、国家の法律までが、社会のいろいろな組織までが、そうした間違った考え方を、助けているのでございますもの。御覧なさい！　世の中には、お女郎屋だとか待合だとかお茶屋だとか、男性が女性を公然と弄ぶ機関が存在しているのですもの〉

この批判は、国家公認の公娼制度に向けられたものといえるだろう。あるいは片務的な姦通罪も含むかもしれない。単なる「妖婦」ではすまない「論客・瑠璃子」としての顔。思えば彼女が荘田への復讐を誓ったのも、社会への公憤ゆえだったのだ。

信一郎はグウの音も出ず、〈青木君の弟だけを、貴女の目指す男性から除外していただきたいと思うのです〉と訴えるのが精一杯だった。

貞操をめぐる大正の論争

瑠璃子の主張について若干補足しておきたい。

性のダブルスタンダードは、瑠璃子のオリジナルではなく、一九一〇年代の論壇ではわりと大きな論争テーマのひとつであった。男女で異なる貞操の二重規範。論争に火を付けたのは「青鞜」史上で争われた「貞操論争」（一九一五＝大正四年）だ。平塚らいてうの後を継いで「青鞜」の二代目編集長になった伊藤野枝は、次のように述べている。

〈最も不都合な事は男子の貞操をとがめずに婦人にのみをとがめる事である。これは最も婦人の人格を無視した道徳で、あると思う。男子の再婚或は三婚四婚は何の問題にもならぬが婦人の相当の人達は再婚は直ぐと問題になる。これはなんと不公平な事であろう。男子に貞操が無用ならば女子にも同じく無用でなくてはならない。女子に貞操が必要ならば同じく男子にも必要でなくてはならなし〉（「貞操に就いての雑感」／「青鞜」一九一五年五月号）

瑠璃子とほぼ同じ主張である。

野枝がいうように、性の不平等を解消するには二つの立場があり得る。

①男女ともに貞操を重んじるべきである。②男女ともに貞操は無視してよい。

①は性愛一致の恋愛結婚史上主義と軌を一にする主張であり、当時の論壇でも大勢を占めていたのは①であった。一方、瑠璃子の主張は②に近い。そっちがその気なら、こっちだって好きにやるわよ！　これは珍しい立場といえた。しかも挑発的だった。

文壇にも論壇にも通じていた菊池寛は、この論争をたぶん認識していただろう。認識したうえで、大衆が読む新聞小説でヒロインの口からいわせたのだ。

〈女性ばかりに、貞淑であれ！　節操を守れ！　男性を弄ぶな！　そんなことを、いくら口を酸くして説いても、妾はそれを男性の得手勝手だと思いますの〉

父や夫や恋人の不埒な言動に忸怩《じくじ》たるものを感じていた女性読者は、溜飲を下げたにちがいない。そうよ、男は勝手よ。私だってほんとは瑠璃子みたいにやりたかったのよ！

青木弟、復讐の鬼と化す

物語の続きに戻る。

荘田が死んで二年。事件以来、勝彦は葉山の別荘に幽閉され、瑠璃子の家族は美奈子だけになった。居間のサロンにはけっして美奈子を近づけず、二人は本当の姉妹のように暮らした。美奈子は数えで一九歳になり、瑠璃子は二〇歳を越えた。

その年の夏を、二人は箱根ですごした。くだんの青年・青木稔（青木弟）も一緒だった。前述の通り、美奈子の片思いの相手である。

期待半分、不安半分で箱根に来た美奈子は、やがて自分に勝ち目はないと知って絶望していたが、ある日、ホテルの裏庭で瑠璃子と稔の会話を聞いてしまう。

〈お解りにならないと云うのですか。僕の心持、僕の貴女に対する心持が〉と稔は迫っていた。〈解っていますわ〉と瑠璃子は答えた。稔は満足しなかった。〈僕が、先日云ったことに、ハッキリと返事をしていただきたいのです〉。なおもはぐらかす瑠璃子に対して稔はいった。〈瑠璃子さん、貴女は僕と結婚して下さいませんか〉

美奈子でなくても仰天である。この小生意気なガキ（といっちゃうが）は、高校生のくせに「交際したい」ではなく、富豪の未亡人に結婚を迫っているのだ。どうやら瑠璃子は、美奈子が結婚するまでは自分も再婚しないといっていたらしい。

明後日には返事をすると瑠璃子が答えた約束の日の夜、食事の帰りに三人で訪れた強羅公園で、美奈子もいる前で、瑠璃子は稔の求婚をきっぱりと断った。〈大変お気の毒ではございますけれども、よくよく考えてみましたところ、貴君のお申し出に応ずることが出来ないのでございます〉〈青木さん。貴君が、妾と結婚なさろうなんて、それは一時の迷いです〉。最初からわかりきっていた答えである。

だが身のほど知らずの稔はわなわなと震え、罵倒の限りを尽くした。〈奥さん！　貴女は、あらゆる手段や甘言で、僕を誘惑しておきながら、僕が堪らなくなって、結婚を申し込むと、それを恐ろしい侮辱で、突き返したのです。この恨みは、きっと晴らしますから、覚えていて下さい〉。おわかりだろうか。またもや復讐の鬼の誕生。こうして復讐は連鎖するのだ。

箱根で起きた事件

三人の逗留先は、宮ノ下の箱根富士屋ホテルである。このホテルは一八七八（明治一一）年に開業した日本最初の本格リゾートホテルで、現在も優美な姿を残している。箱根強羅公園の開園が一九一四年。箱根登山鉄道の箱根湯本―強羅間が開通したのが一九一九年。当時の箱根は最先端のリゾート地として絶賛売り出し中だった。『不如帰』の伊香保、『金色夜叉』の熱海と同様、『真珠夫人』の箱根が有名になってもよかったはずだ。

しかし、箱根に『真珠夫人』の像などは建っていないし、記念館もないし、少なくとも現在、観光資源としても活用されていない。理由はわからないでもない。なぜならそこは、忌まわしい事件の現場に選ばれてしまったからだ。

そう、稔をふった数日後、瑠璃子はホテルの部屋で稔に刺され、瀕死の重傷を負う。そして芦ノ湖には若い男の遺体が上がる。稔が身を投げたのだ。

渥美信一郎の不安が的中したわけである。

ただし信一郎が果たした役割は最悪だった。瑠璃子が箱根に稔を誘ったのは「青木君の弟にだけは手を出すな」と釘を刺されて反発したため。稔が瑠璃子を襲撃したのは、たまたま箱根に来ていた信一郎に呼び止められ、兄のノートを見せられたためだった。この人が余計な口出しをしなければ、最悪の事態は免れたのだ。このバカたれが！

しかしともあれ、時すでに遅し。『真珠夫人』はヒロインの死をもって幕を閉じる。

男より娘をとった義母

文芸評論家の前田愛は、瑠璃子の中には①「清純な美少女」②「復讐を誓うユーディット」③「娼婦型の驕慢な未亡人」④「継娘を庇護する義母」の四つの像が混在し、要素を欲張りすぎて、物語のまとまりを欠いていると指摘した（『近代読者の成立』）。

①～③はわかるとして、④について少し補足を。

瑠璃子が稔の求婚を拒絶したのは、じつは美奈子のためだった。箱根で義娘の気持ちを察知した瑠璃子は、好きでもない稔を弄んでいたことを謝罪する。〈妾が、ただホンの悪戯のために、ホンの意地のために、宝石にも換えがたい貴女の純な感情を蹂み躙っていようとは、思い出すだけでも、妾の心は張り裂けるようです。美奈さん！　許して下さい！〉

男より義理の娘をとった。それは瑠璃子の最後の願いにも現れている。もう長くは持たないと悟った瑠璃子は、神戸に戻っていた恋人の直也にも電報を打って欲しいと美奈子に頼む。駆け付けた直也は瑠璃子の思いがけない言葉を聞く。

〈あの――あの――美奈さんを、貴君にお頼みしたいのです〉

自分が死ねば美奈子は孤児になってしまう。それを思っての義母ないし義姉としての頼みだった。美奈子は万感の思いで泣き崩れた。これが「継娘を庇護する義母」の意味。もっともそこは恋愛小説。瑠璃子は、直也も忘れていなかった。彼女の肌襦袢《はだじゅばん》には直也の写真が縫い付けられていた。『野菊の墓』の民子と同じ方法、死後にわかる愛の証だ。〈ありとあらゆる手段と謀計とでもって、妾の貞操をあの悪魔のために汚されないように努力する〉と誓った瑠璃子の約束は生きていた。直也への純愛も彼女は貫いたのだ。

古い制度を逆手にとって

さて、あらためて、この小説をどう読むか。

前田愛がいうように、瑠璃子の人間像にはたしかに分裂したところがある。しかしながら、人間が複数の人格を内包しているのはむしろ当然のことで、清純な乙女が邪悪な妖婦に変身したところで、べつに不思議ではない。

問われるべきは、はたして瑠璃子は「新しい女」だったのかどうかだろう。『真珠夫人』は古めかしい物語と、新しい思想とが同居した小説である。

そもそもの枠組みは「親の仇討ち」で、まるで浄瑠璃だし、カッとして復讐の鬼と化す人ばかりなのもまるで鎌倉時代。直也への純愛を貫いて純潔を守ったのも、最後で義理の仲とはいえ「親子の情」に回帰するのも、旧習に従順すぎるように見える。

しかし半面、瑠璃子は制度に対する反逆者の面も持っている。

第一に、結婚という女性を縛る制度を逆手にとって、復讐の手段にしたこと。

第二に、貞操（処女性）という古い規範を逆手にとって、男たちと戦ったこと。

女性を型にはめる道具を、彼女は武器に変えたのだ。これは結婚を人生最大の慶事と考える幸せな人々や、女性の貞操を無条件にありがたがる社会に唾する行為に等しい。死に抗えなかった『不如帰』の浪子や、自身の思いを遂げられなかった『金色夜叉』の宮に比べたら、瑠璃子の戦いぶりは瞠目に値しよう。

実際、戦闘美少女は強かった。

世間知らずの小娘ごとき、結婚すれば簡単に征服できると軽く考えていた荘田は、心も体も開かぬ瑠璃子に振り回されたあげく、〈俺は、俺の前非を悔いて貴女に、お願いするのじゃ。貴女は、心からの俺の妻になって下さることは出来んでしょうか〉と涙ながらに訴えるまでに至った。荘田の死以上に、この時こそ彼女が勝利した瞬間だったろう。

「やらせない」という高等戦術

瑠璃子が女王として君臨するサロンにしても、男たちが集う『三四郎』の広田サロンで美禰子やよし子が添え物だったことを思うと、隔世の感がある。瑠璃子サロンでは、白熱の文学論議が交わされていた（明治随一の作家は誰だったかとか『金色夜叉』の評価とか）。このへんを読むと、瑠璃子サロンは広田サロンのパロディかと思うほどだ。

荘田との攻防で彼女が学んだのは、「貞操（処女性）は武器になる」ということだったかもしれない。アリストファネスの戯曲『女の平和』は、夫に対するセックス・ストライキによって戦争をやめさせた古代ギリシャの女たちの物語である。瑠璃子の作戦もこれだった。『或る女』の葉子は肉食系女子で、一切の計算ができない女だった。瑠璃子は逆だ。すべてが計算ずくで、しかもけっして貞操は渡さない。

瑠璃子のサロンに集うエリート男性は、瑠璃子と恋仲になれるかも、もっといえば、彼女と「やりたい」「やれるかも」という下心を内に秘めていたはずである。ところが彼らの欲望は、永遠に満たされない。誘惑するだけしておいて、結局は「やらせない」。期待値を最高にまで高めておいてハシゴを外す。それが彼女の戦術だからだ。この方法はだらだらと期待を引きずる分、一度寝て捨てられるより残酷だ。

想像するに、瑠璃子を刺した青木稔（青木弟）は、純情で思い込みの強い、三四郎のようなタイプだったのではないかと思われる。

美禰子が相手だったから、三四郎はあの程度の失恋ですんだのであって、仮に三四郎が瑠璃子に誘惑されたら、たぶんイチコロだったろう。三四郎だけではない。本書でここまで見てきた青春小説・恋愛小説の主人公で、瑠璃子の誘惑を拒絶できたのはブルジョアジーへの敵意を燃やす『奴隷』の三好江治くらいではなかろうか。その江治とて根は純情な青年だ。まかり間違えば、第二の青木弟になった可能性もある。

青木弟が瑠璃子に結婚を申し込んだのは、無謀に見えて、理由がないわけでもない。彼は学習院高等科の生徒である。つまり「白樺派」と同じ文化の中に彼はいたのだ。このような青年にとって、性欲を解放する方法は「結婚」以外に考えられなかったのだろう。ああ、かわいそうな青木弟。美奈子という恋人候補がすぐ手の届くところにいたのに!

瑠璃子が倒そうとしたものは?

このように考えると、荘田が倒れた後も終わらなかった瑠璃子の「復讐」が何に向けられていたかが、ぼんやりと見えてくる。

彼女のサロンに集っていたのは、ある程度経済力のある家庭で育ち、東京の学校で学び、卒業後もしかるべき地位を得て、立身出世に成功したエリート男性ばかりである。ホモソーシャルな男性社会とは、こうした男たちが築きあげた社会である。

社会悪と戦う、性の二重規範と戦うと瑠璃子は公言していたが、それだけだっただろうか。なぜ自分は、サロンでヘラヘラ笑っている、この男たちと同じ土俵に上がれないのか。なぜこいつらは自分の色香にしか興味がなく、自分の気を引くことばかり考えるのか。なぜ能力も教養もあるひとりの人間として、自分を見ようとしないのか。

そうした根本的な疑問が、彼女の中になかったとはいえまい。

歌舞伎に出てくる女性が〈みんな個性のない自我のない、古い道徳の人形のような女ばかり〉であることを批判して、瑠璃子は信一郎に語っている。

〈親や夫に臣従しないで、もっと自分本位の生活を送ってもいいと思いますの。古い感情や道徳に囚われないで、もっと解放された生活を送ってもいいと思いますの〉

これは「歌舞伎の女性」だけに向けられた批評ではないだろう。

父が荘田の奸計にはめられた際、彼女は嘆いたのである。

〈ああ、男でしたら、男に生まれていましたら。残念でございます〉

牽強付会を承知のうえで、あえていおう。

小説の登場人物である瑠璃子は、平塚らいてうとも伊藤野枝ともちがった小説のヒロインにしかできないやり方で、里見美禰子以来、連綿と続いてきたヒロインの系譜、ひいては全女性の恨みを晴らそうとしたのではなかったか。

菊池寛が当時の女性解放思想にどの程度通じていたかは不明だが、読者のレベルは察していただろう。都市の住人には瑠璃子のようなヒロインに肩入れする先取性があることも、しかし半面、仇討ちや親子の情のような保守的な思想から脱皮できないことも。

えっ、瑠璃子の純愛と純潔？

そんなのは、保守的な読者を納得させるための方便だ。

だいたいこの直也って男は、自分だけボルネオだかに逃げて、のこのこ帰ってきた時、恋人は瀕死の重傷で死ぬ直前だったのである。戻るのが遅すぎる！

物語のエンディングは、瑠璃子の兄・光一が描いた妹の肖像画のエピソードである。この絵の題は『真珠夫人』。『三四郎』のラストシーンが美禰子を描いた絵だったのを彷彿させる終わり方である。やはり瑠璃子は美禰子の進化形だったのか。しかし、この兄貴も、ラストになるまで、どこで何をやっていたのやら。遅すぎる！

作劇上の理由からいえば、兄と恋人を物語の序盤で退場させたのは瑠璃子を存分に活躍させるためのお膳立てだろう。いてもどうせ、邪魔しかしなかっただろうしね。

佐々伸子の出発——宮本百合子『伸子』（一九二八＝昭和三年）

女の武器は容色だけか

『或る女』『真珠夫人』は、日本文学に新たな女性像を打ち立てた作品ではあった。自分の意思をもって行動する主人公は魅力的で、読者の目を見開かせるような展開もあった。

しかしそれでも、ヒロインは死ぬのである。

『或る女』の葉子の死は子宮の病気によるもので、本人のせいでないものの、『真珠夫人』瑠璃子の死は、自分が弄んだ相手に殺害されたのであるから、事件報道でいうところの痴情のもつれ、文字通りの「因果応報」「自業自得」である。

美貌に恵まれた女性が容姿を武器に男性社会をわたっていく物語は、胸のすくような展開で読者の心をつかむ半面、二つの疑問を浮上させる。

すでに何度も書いたことだが、なぜ死ぬのは決まって女性なのか。

そしてもうひとつ、女性には容色以外の武器がないのか。

男を惑わす悪女はしばしば「ファム・ファタル（宿命の女）」と呼ばれる。悪女文学の本場はフランスだ。鹿島茂『悪女入門――ファム・ファタル恋愛論』は、この種の文学の嚆矢《こうし》はアベ・プレヴォー『マノン・レスコー』（一七三一年）だったとし、『椿姫』『カルメン』などを論じつつ、男を破滅させるのがファム・ファタルの真骨頂だと述べている。

その伝でいけば、『或る女』も『真珠夫人』も悪女文学の極東版であろう。悪女は男性読者のファンタジーを、どうやらかきたてるのだ。ああ、僕も翻弄されてみたい……。

だが、ここは現実に戻っていただこう。恋愛は本来、復讐の道具じゃないのである。

死なないヒロインの物語

大正末期〜昭和初期（一九二〇〜三〇年代）は、女性作家が続々と登場した時代である。「青鞜」もともとは文芸誌だし、「青鞜」の休刊後は、劇作家の長谷川時雨《しぐれ》が主宰する「女人芸術」などが彼女らの活躍の場をつくった。作品が目にとまれば、メディアも放ってはおかない。田村俊子、野上弥生子《やえこ》、宮本百合子、宇野千代、佐多稲子、林芙美子、吉屋信子……。みなこの時代の文壇に登場した「新しい女」たちである。

では、当時の女性作家はどんな作品を書いていたのだろう。男性作家の作品とはちがうのだろうか。という問題意識もこみで、出色の一作を読んでみたい。

宮本百合子『伸子』（一九二八＝昭和三年）である。

百合子は後に共産党に入党して宮本顕治と結婚し（一九三二年）、宮本姓に改姓したが、結婚前の名前は中条百合子。女学校時代から小説を書きはじめ、日本女子大学英文科予科在学中の一七歳のとき『貧しき人々の群』でデビュー。天才少女と騒がれ、『伸子』の執筆当時は新進作家として、ロシア文学者の湯浅芳子と同居生活を送っていた。

『伸子』は作者自身の最初の結婚を題材にした長編である。雑誌「改造」の連載（一九二四〜二六年）を経て単行本化され、すぐに高い評価を受けたが、多くの読者を獲得したのはむしろ戦後だった。つまり、そのくらい時代を先取りしていたわけである。

いちおう断っておくと『伸子』はプロレタリア文学ではない。そして主人公は物語の最後に至っても死なない。女性作家はそう簡単にヒロインを殺したりはしないのである。

ニューヨークでの出会い

物語はいきなり、ニューヨークからはじまる。華やかな幕開けだ。

時は第一次大戦が終結した一九一八（大正七）年。『真珠夫人』とほぼ同時代である。

主人公の佐々伸子は一九歳。父とともにニューヨークに滞在中だ。父は仕事で三ヵ月ほど滞在し、父の帰国後も彼女はここに残って勉強を続ける予定だった。

そして物語がスタートしてまもなく、父と訪れた日本人の学生倶楽部の茶話会で、彼女はあまり風采の上がらない、ひとりの男性と出会う。

佃《つくだ》一郎、三五歳。C大学（コロンビア大学？）で比較言語学を専攻し、〈印度、イラニアン語〉の研究をしながら、YMCAの活動を手伝っているという。とある宣教師を頼って渡米したのが一五年前。以来生活費を稼ぎながら勉強を続けてきた。美男ではなく服装は貧しげで、話下手で陰気な印象だったが、なぜか伸子は気になった。

その後、父の用事で佃はホテルをたびたび訪れ、伸子とも親しく口をきくようになる。

さらに父の急病を機に、二人は急接近する。ちょうどその頃、世界中で猛威を振るっていた悪性感冒（スペイン風邪）に、父が感染したのである。

〈私はたぶん大丈夫でしょう、三四ヵ月前に種々な予防注射をしましたから〉

そういっていた佃は、毎日ホテルに通ってきては献身的に看病し、父は快癒に向かったものの、悪性感冒なのか流行性感冒なのか、続いて今度は伸子が倒れた。

伸子、自ら告白する

人はだいたい、衰弱しているときにつけ込まれやすい。

病院へ急ぐ自動車のなかで、一瞬意識を取り戻した伸子は、佃の声を聞く。〈苦しいですか？　もう少し我慢して下さい。今すぐ楽になりますよ。じきですよ……〉

病院のベッドの側にも彼はいた。〈さあここまで来たからもう安心です。……安心しておやすみなさい〉〈――大丈夫です、わたしがここにいますから〉

ここまではまあ、よしとしよう。しかし、次のはどうだ。

〈不意に柔かく永く一つの唇が彼女の唇に押し当てられた。全神経が目醒めた。佃の存在が灼きつくように甦った〉。ちょ、これはあかんやろう、これは。

相手は意識が混濁した病人である。完全にルール違反である。

しかし伸子は拒否しなかった。〈体じゅうに新たな戦慄を感じながら、再び気を失いながら、佃の頸に両腕をまきつけ彼の唇に自分の唇を押しつけた〉のである。

翌朝、佃は〈――それではまた参ります。何か持って来るものはありませんか〉と言い残して帰っていった。一九の娘がのぼせるには十分な、鮮やかな去り際である。

ここまで行けば、あとはもう楽勝である。

父が帰国した後、伸子はC大学の寄宿舎に入り、聴講生として英文学や社会学の勉強をはじめた。同じ大学で教える佃とはすでに恋人同士である。だが、伸子は不満だった。付き合いはじめて四ヵ月がたつが、あれ以来、彼は何もしようとしないのだ。

佃の長い出張で、もう離れては暮らせないと悟った伸子は、彼がニューヨークに戻った日、意を決して恋人と向き合った。〈私ね……私ね……〉〈私ね……考えたの。……若し結婚するなら……私は……〉

朴念仁のくせに、アメリカ暮らしが長い佃は、こういう時には如才ない。伸子の頬を両手で挟んで自分のほうに引き寄せた。〈伸子は涙でぐっしょり濡れ、上気し顫えながら、懺悔する子供のように一気に云い切った。「あなたとでなければいや」〉

わっ、いっちゃった！　この小説のもっともチャーミングなシーンである。

佃の反応も悪くなかった。〈こんなことがあり得るだろうか！　こんなことがあり得るだろうか！〉とうめいて、彼は〈骨が砕けそうに伸子を擁き締めた〉のである。〈彼の眼から涙が溢れ落ちた。これ以上の承諾がどこにあろう！〉

伸子、未来の夫に条件を出す

煮え切らない恋人に業を煮やし、自ら求婚した伸子の振る舞いは、自ら大宮に求愛して婚活に成功した『友情』の杉子を思わせる。大正モダンガールの面目躍如である。

ただ、女性の場合は結婚が将来の大きな足枷になり得ることも、伸子はよく知っていた。婚活どころか、結婚そのものに彼女は疑問を持っていた。

彼女は常々考えていたのである。

〈多くの男女が、何か自分ならぬ者に導かれるようにして、一生をいつの間にやら過して行く。自分が結婚し、そんな風にこの世を送ってしまうのは、佃子はいやであった。結婚して子供が欲しいという気もなかったし、良人《おっと》がいわゆる立身をして、某夫人と云われたい慾も、彼女にはなかった。佃には佃の仕事がある。自分には自分の仕事がある〉

それゆえ佃にも訊かずにいられなかった。

〈あなた御自分の細君が、家のこと下手で、勉強したがりでも、平気でいらっしゃれる？――私は本当にあなたを愛してよ。けれども、仕事も愛しています。あなたと同じくらい！〉

仕事は捨てられない絶対に、という伸子に佃は答えた。

〈そんな心配こそ無用です――あなたが大切に思っているもののあるのは判っています。仮にもあなたを愛している者が、どうしてそれを捨てろなどと云います！〉

伸子がいう「仕事」とは、研究活動もだが、主に書き物を指す。彼女は日本ですでに作家デビューしていたのだ。佃は付け加えた。〈決して私は家政婦を求めているのではない〉

インテリ同士とはいえ、この時代のカップルとしては驚異的な新しさだ。

しかし世の中、そうそうすべてうまくはいかない。結論的にいうと、二人の関係は互いの気持ちを確かめ合ったこの時がピークだったのだ。

魅惑の恋から泥沼の結婚生活へ

まず、周囲の人々がこぞって二人の結婚に反対した。〈佃君は偽善者ですよ〉とわざわざ報告に来た青年。〈きっと幸福に行きませんよ〉と忠告する友人。一五歳の年の差や、とても金にはなりそうもない佃の地味な研究が心配の種なのか。伸子には意味がわからない。伸子の師ミス・プラットに至っては、二人を呼びつけ、〈御自分の、学問上の目標がおありでしょう？　それが伺いたいのですよ〉と佃に詰問した。そして〈おっしゃられないのは、あなたの人格が空虚な証拠です。——理想も熱情も、思想もありはしないのです！〉とまで決めつけた。

反対されればされるほど、伸子は燃えた。〈自分達さえ動じずにやって行けば、何がきたって安心よ〉〈私どもはどうせ貧乏よ。お互が助け合って生活して行くのよ〉

非常に前向きな、正しい姿勢だ。

本番の試練はしかし、この後だった。妊娠中の母の身体が危ないという知らせを父から受け取った伸子は、急ぎ、日本に帰国する。すると母はいったのだ。

〈皆はお前が騙されていると云っているよ〉。親の承諾も得ず、伸子と佃が勝手に結婚したことに母は怒っていたのである。〈なぜ、ちゃんとした紳士らしく、お前が何と云っても、一先ずは帰って来てだね、私どもの承諾を得てからにしないのだえ〉

ニューヨークを舞台に、新世代の恋愛を描いているように見えた『伸子』は、ここから急転直下、日本での泥沼の生活の中に突き落とされてしまう。

五ヵ月後、仕事を一段落させた佃も帰国した。金がない二人は（旅費も佐々に負担してもらったくらいだった）、佐々家の二階で生活をはじめる。

それが間違いのはじまりだった。母・多計代の佃に対する「いびり」はとどまるところを知らず、一方の佃は定職も決まらず、部屋に引きこもって食事の時くらいしか出てこない。二人の板挟みにあって悩む伸子。母娘の関係もこじれてついに佐々家を追いだされ、新居を構えた後も、佃に対する伸子の不信は消えなかった。

〈細君という席が、彼女にぴったりしないのであった〉。さらに〈佃が、一般に、人間的興味のある活々《いきいき》した話題を好まない〉のが彼女には不満なのだ。

物語の後半、テキスト全体の半分以上は、上手くいかなくなった夫婦関係と夫に対する伸子の不満で埋め尽くされる。そして結局、五年後、二人は離婚するのである。

帰国したのが間違いだった

『伸子』は近代文学ではじめて離婚を真正面から描いた小説といわれる。離婚自体は珍しくなかったが、そこに至るプロセス、ことに妻の側の心理を描いた点が新しかったのだ。

二人のうちの、いったいどちらがいけなかったのか。

伸子が夫に不満を持った最大の理由は手応えのなさである。彼の反応はいつも似たり寄ったり。〈もしそれがあなたの幸福になるんなら、私は——どうせ捧げた体です〉〈私は、御承知の通り、このひとの書くものには、絶対の自由を認めておりますから……〉

学究肌の佃は今日でいうオタクである。自分の研究さえしていれば、それで満足。妻の実家はもちろん、妻その人にもさほど興味がない。

こんなはずではなかったと伸子は思う。彼女が望む結婚は、〈ただ、互の愛をまっすぐ育てられる位置において二人が、より豊富に、広く、雄々しく伸びたい〉というものだったからだ。面倒くさい人ではある。恋愛結婚至上主義をマジで彼女は信奉していたのだ。

実際、伸子がいうほど、佃は問題のある夫ともいえない。

〈私は自分をすてても、あなたを完成させて上げたい、と思っている〉という結婚前の約束を忠実に守っただけ。二〇歳から一五年も暮らしたアメリカを出て、伸子とともに帰国したのが何よりの証拠である。妻の実家で同居するのも厭《いと》わず、義母のいびりにも反論ひとつせずに耐え、妻が長く家を空けても、家事をしなくても、文句をいわない。途中からは大学の講師の口も得て、毎日出勤し、貧しいながら家計も支えている。

同時代の強圧的な夫に比べたら、なんぼかマシだ。

二人の最大の失敗は、日本に戻ったことであろう。異国で苦学してきた佃は苦労人である。伸子は中産家庭のお嬢さん。「仕事は捨てられない」と豪語したわりに、彼女は家でときどき原稿を書いているだけだ。あのままニューヨークで暮らしていたら、何の問題もなかったのに。一度帰国した二人には再び渡米する資金がなかった。

結婚しても半分は親がかりだった伸子。自活まではあともう一歩だったのだが。

もうひとりの伸子、『真知子』の場合

この時代のインテリ女性がどんな恋愛観、結婚観をもっていたのか、別の小説を見てみたい。野上弥生子『真知子』(一九三一＝昭和六年)である。

野上弥生子と宮本百合子は友人同士で、『伸子』の三年後に出た『真知子』も『伸子』を意識した作品といわれている。この二作の大きな違いは、『伸子』が中産階級の価値観から一歩も出ないのに対し、『真知子』が階級を意識している点だ。

時はロシア革命の真っ只中。国内でも無産運動や労働運動の嵐が吹き荒れ、文壇はプロレタリア文学の全盛期だった。作品にもそんな時代の色が反映されている。

〈結婚問題について、母がこのごろ急にあせり出したのを、真知子は見遁《のが》さなかった〉

これが書き出し。いきなりの直球である。

主人公の曽根真知子は二四歳。大学で聴講生として社会学を学んでいる。

真知子は四人兄妹の末っ子である。高級官僚だった父はすでになく、兄姉はみな所帯を持っている。長兄は北海道の大学で生物学を講じているが、資産家の出の妻とは形ばかりの夫婦である。長姉の夫は会社の重役で生活は豊かだが、義兄は放蕩者である。次姉の夫は東北の高校で教えながら、大学教授の椅子をねらっている俗物だ。

こんな一族にウンザリしている真知子は、いかに母が気にしても結婚に夢など持っていなかった。〈丁度上流の下部と中流の上部に位して、プチ・ブルジョアの標本的な退屈と滑稽と醜陋《しゅうろう》〉に愛想を尽かしていたのである。

真知子、主義者に恋をする

そんな真知子に縁談が持ち上がった。相手はケンブリッジ大学に留学し、半年前に帰国した財閥の御曹司、考古学者の河井輝彦である。

家族は大乗り気だったが、真知子はすでに河井からの直接のプロポーズを断っていた。いつか結婚を考えるとしても〈決してあなた方の階級に相手を求めようとは思わない〉という、ひどい言い方で。河井が誠実な人物であることに好感を持ちつつも、階級を理由に断る。見上げた根性に思えるが……。

というのも、じつは彼女は、左翼運動の活動家に恋していたのだ。さる事件で起訴され、大学を退学処分になった関三郎である。関は真知子の親友・大庭米子と同郷の男性で〈あのひとが主義者だなんて、嘘見たいだわね〉〈だって、あんな綺麗な顔してるじゃないの〉と姉たちが噂するような色男だが、真知子には徹底して冷たい。

ある日、関に呼び出され、真知子がルンルン気分で会いに行くと、一通の手紙を見せられた。東北で教師をしている義兄からのもので、〈関君、僕は君に乞う。真知子を説得して河井氏と結婚さしてくれ給え〉と書いてある。関は義兄の教え子だった。

〈それで？〉と問う真知子に関は答えた。〈結婚するんですな〉

手紙を真知子は破り捨てた。そして、いった。

〈河井さんを断った時、私はあなたを考えていたのです。いいえ、いつだって、いつだって考えていたのです。今の生活から私を救い出してくれるのはあなただってことを〉。自分はあなたの同志になりたいのだと真知子はいった。すると！

〈関は顔を真知子の顔に重ねた。唇のまん中に、堤を切った烈しい熱情で、一切の承認をした〉。おいおい、またかい。こういうやり方が当時は流行りだったのだろうか。

関は真知子を抱きしめたまま離さず、やがてもうひとつ先の行為に及ぼうとした。覆いかぶさってくる関を辛うじてはねのけ、明後日まで待ってほしいと真知子はいった。すべて始末をつけて家を出てくるから、と。

「困難な男」との恋愛

明治大正の女はみんな受け身で親や男の言うなりだった、というステレオタイプな女性イメージを『伸子』や『真知子』はみごとに打ち砕く。

伸子と真知子の共通点を列挙すれば、次のようになるだろう。

第一に、結婚に興味がなく、それ以外の道を模索していたこと。

伸子は学業半ばで日本に帰国した。真知子もじつは、文部省の方針で聴講生制度が打ち切りになり、大学を追いだされてしまう。この時点では「挫折」である。

だが、彼女らは諦めず、次の道を模索している。伸子は自分を題材に小説を書き、真知子はこのタイミングでの河井の求婚を断って、女学校教師になろうとしていた。

第二に、二人は恋愛にも積極的だった。自分の思いをストレートにぶつけるあたり、まごまごしている「告白できない男たち」とはえらい違いだ。

注目すべきは、伸子も真知子もわざわざ「困難な男」を選んでいることだろう。伸子が佃に惹かれたのは、古代東洋語というマイナーな学問に打ち込む姿に、修行僧にも似た孤独を感じたからだった。真知子の相手は明日投獄されるかもしれない「主義者」である。組織を信じることができるのかという真知子の問いに関は答えた。〈それを信じないのは、人類を信じないのです〉。それで彼女はガツンとやられたのである。

結婚に頓着のない人は「上昇婚」にも興味がない。中産家庭の娘には「困難な男」が魅力的に見えただけだとしても、〈ただ元気で快活で交際上手な薔薇色の青年は、どうしても好きになれないのよ。人間の苦しさも抜けて来た人でなくてはつまらないわ〉と伸子は思い、真知子に至っては〈彼女は全く別なものを覚悟する。貧困を、飢餓を、一つの黒い壁に対する絶えざる戦を、留置場を、刑務所を、治安維持法を〉だったのである。

しかし彼女らは結局、一度は愛した人を自分の意思で捨てるのだ。

これが二人の第三の共通点である。

別れの修羅場を経験する

体当たりの告白で愛を得た人は、別れも体当たりである。

仲子と佃の別れは、貫一が宮を蹴飛ばした『金色夜叉』を思わせる。佃は仲子を蹴飛ばしはしなかったが、全力で仲子を引き止めた。〈「Do you still love me?」と云うなり、子供のように声をあげて泣きだし〉〈こんなに頼んでも思い返してくれないんですか〉と訴え、無理矢理性行為に及び、〈私はもうどうせ永く生きる体ではない。せめて死ぬまで私の傍にいるだけでよい、いて下さい、ね？〉と懇願し、こんな修羅場が二日も続いた。

仲子は冷たく突き放した。〈いざという手おくれになってそんなにあなたなさるなら、なぜもっとずーっと前に、私の本気を認めて下さらなかったのでしょう〉

真知子の別れは、もっと激辛だった。

家を出て関のもとに行こうとしていた矢先、親友の米子が訪ねてきて、「関の子どもを宿している」と告げたのだ。長い片思いの末に、たった三日で幸福の絶頂から奈落の底に落ちた真知子。彼女はしかし、「自分は子どもなんか育てられない」「米子のことも愛していない」という関に対し、親友にかわって決然といいはなつのだ。

〈関さん、あんた方の運動が人間から貧乏をなくするように、こう云う苦しみをもなくするのでなかったら、結局何になるんでしょう〉〈それがマルキシズムの理性なんですか。あんた方が口癖にしていらっしゃる正しい認識と云うのはそれなんですか〉

世界中の「主義者」に聞かせてやりたい台詞である。

真知子がここで糾弾しているのは、女性と子どもを放棄して革命を語る男の無責任な態度である。『真珠夫人』の瑠璃子が、男だけに放蕩を許す性のダブルスタンダードを指弾したのと同じ構図。彼女はこの時、全女性の代弁をしている気持ちだっただろう。

立身出世欲は男子の専売特許？

女性作家が自身の体験や見聞をまじえて書いた『伸子』『真知子』に、『或る女』『真珠夫人』のようなあでやかさはない。だが、勉強もして、恋もして、別れを成長の糧にする、大正モダンガールのもうひとつの側面を確実に伝えている。

立身出世は男性の専売特許のように思えるけれど、自己実現の道を求め、青雲の志を抱いて上京した女性は、明治時代からいた。女性解放運動の先駆者だった岸田俊子もそう、自由民権運動の闘士として知られる景山英子《かげやまひでこ》もそう、あの伊藤野枝もそう、そして野上弥生子もそう。近代史に名を残した女性には上京組も少なくない。

良妻賢母教育の女学校に飽き足らず、すぐに結婚する気もなく、その上を目指す女子には、どんな道が開けていたのだろう。

戦前の教育制度の下では、大学は男子の専有物だった。

現在の大学に相当する女子の教育機関には二つのパターンがあった。

ひとつは女子師範、女子医専、音楽学校、美術学校など、戦後の単科大学につながる専門職の養成学校に進む道。もうひとつは日本女子大、東京女子大、津田英学塾など私立の女子大に進む道。島崎藤村が教えていた明治女学校もそのひとつで、神戸女学院、同志社女子大などと同じミッション系の学校である。大学と名はついていても、これらは専門学校扱いだったが、事実上、ここが女子教育の「上がり」で、もっと勉強したければ、伸子のように留学するか、真知子のように大学の聴講生になるくらいしかなかった。

逆にいえば、伸子も真知子も男子でいえば三四郎クラスのエリートだった。問題はこうした高学歴女子の受け皿が社会の側になかったことだ。しかし志は男子に負けていなかった。男子も女子も、意識自体はそう変わらないのである。

二〇年遅れの『三四郎』

以上を前提に考えると、『伸子』は二〇年遅れの『三四郎』だったといえるだろう。いいかえれば、『三四郎』から『伸子』までには二〇年の時が必要だった。

『三四郎』が考案した「三つの世界」を思い出してほしい。

①捨ててきた故郷、②知識人ないし学問の世界、③恋愛を含む華やかな都会の文化

これにならえば、伸子にとっての「三つの世界」はこうなるだろう。

①捨ててきた日本、②C大学の研究室、③佃との恋愛

伸子は東京生まれ東京育ちなので「上京」はないが、アメリカ留学はそれと同じ効果を持つ。「捨ててきた（はずの）日本」に戻ったのが彼女の場合は失敗だったのだが。

ついでに『三四郎』に代表される青春小説の黄金パターンを思い出していただきたい。

①主人公は地方から上京してきた青年である。

②彼は都会的な女性に魅了される。

③しかし彼は何もできずに、結局ふられる。

『伸子』も『真知子』も、右のパターンにのっとっている。

①二人とも聴講生とはいえ大学で学び、漠然と将来への夢を抱いていた。

②そして、今まで知らなかったタイプの男性（困難な男）と出会った。

③しかし、その恋は破綻し、手痛いダメージを被った。

同じである。ただし、彼女らが、ぐずぐずした態度の「告白できない男たち」と決定的にちがっているのは、自ら当たって砕けている点だ。

この差は、先がある男子と、後がない女子の環境の差に由来するように思われる。

男子の前には当然のように敷かれていた、大学に進学して職業的達成を得るというレールが、彼女たちの前には中途半端な形でしか用意されていなかった。それでも前に進むに

は、制度の壁や、家族や世間の軋轢をはねかえす意志と覚悟が必要だった。

恋愛についても同様である。ぼやぼやしてたら、好きでもない相手と結婚させられるのである。好きだけど告白できない、などと悠長にかまえている時間はない。恋愛は彼女の精神の自由の証、親の呪縛から解き放たれる道だった。後がないからこそ、みんな本気だったのだ。『三四郎』の美禰子も、『友情』の杉子も、『桜の実の熟する時』の勝子も、『奴隷』の菊枝も、思いは一緒だったはずである。

その後の伸子と真知子

『伸子』『真知子』は別れを前向きに描いた点でも、特筆される。

佃にはいささか気の毒だったとはいえ、五年も回り道したとはいえ、この離婚が伸子の人生の真の意味での出発点になったのは間違いないだろう。結婚しても半分親がかりだった伸子は、ここではじめて自立への道を歩み出す。続編の『二つの庭』で描かれるのは、二九歳になった伸子と、女友達の吉見素子（モデルは湯浅芳子）との同居生活だ。なにはともあれ彼女は次のステップに進んだのである。

一方、関と別れて失意のどん底にあった真知子も、次のステップに踏み出している。一度は求婚を断った河井のよさを、あらためて知ったのだ。

関との一件を〈その人と結婚するため、私は家を飛び出したのです。結婚とともに実行運動の仲間入りをするつもりでした〉と打ち明けた真知子に対し、河井はいった。過去のことは自分には関係ないし、あなたがその人に深入りした気持ちも理解できると。

その後、河井の状況は一変した。実家の会社が争議団に突き上げられ、彼の判断で〈研究所だけを残し、彼の不動産の殆んど全部を投げ出そうとしてい〉たのだ。全財産を失った河井。〈真知子さん、あんたは運の強い方よ〉という親戚たちの言葉が、真知子の反抗心に火を付けた。そして彼女は再び「困難な男」を選び、二人が結ばれることを予感させて物語は幕を閉じる。この種の小説には珍しいハッピーエンドである。

仲子と真知子がきっぱり別れを選べたのは、恋愛や結婚以外の生きる道を持っていたからだろう。二人はもともと結婚にさしたる価値を見出していなかった。失恋しても離婚しても「今に見ていろ、あたしだって」な何かがあれば、人は生きていけるのだ。

死ぬか、それとも別れるか

そこで最初の疑問に戻る。恋愛小説のヒロインはなぜ死ぬのか。

ヒロインを殺すのは作者なので、ほんとのところは作者に訊かなければわからない。しかし、物語内容だけに着目すると、死んだヒロインは愛した人への思いを断ち切れていない。伸子や真知子のようにきちんと別れていないのである。

離縁されても前夫を愛し続けた『不如帰』の浪子。別れた貫一への思いを何年もひきずり続けた『金色夜叉』の宮。結婚した後も政夫への純愛を死守した『野菊の墓』の民子。ハプニングのような恋愛相手の倉地に依存し続けた『或る女』の葉子。そして男社会への復讐を誓いながら、直也への愛は貫いた『真珠夫人』の瑠璃子。

客観的には、いずれも美しい愛の物語である。しかし、これだと彼女らは次のステップに進めない。前の恋愛をひきずっている限り、新しい人生に踏みだせないのだ。

一方、別れた男の立場からすると、ひとりの女性に愛され続けるのは、誇らしくもある半面、厄介な事態といえる。過去にひと悶着あった女が、どこかで生きているかと思うと寝覚めが悪い。彼女がいる限り、彼も次の人生に踏み出せないのだ。

だから思いきって、死んでいただく。

と作者が判断したかどうかは不明だが、こじれた恋愛を終わらせるには、どちらかが死ぬか、きっぱり別れるしか方法はない。そして日本の恋愛小説の多くは「死」を選んだ。そのほうが男性には都合がいいからだ。彼女が死ねば過去は清算されて「美しい青春の思い出」に変わる。彼は憂いを含んだ大人の男になって新しい恋をし、次の人生に踏み出せる。作劇上もドラマチックな演出効果で読者の涙を誘発できる。

だが、死んだ歴代ヒロインは、草葉の陰で合唱していたのではないか。

私だって、べつに死にたくて死んだわけじゃないのよ。持続可能な恋愛が描けない無能な作家と、消えてくれたほうがありがたい自己チューな男と、悲恋好きの読者のおかげで殺されたのよ。私らが死んであげたおかげで、作品はベストセラーになったりロングセラーになったりしたんだからね。ありがたく思いなさいよ!

「別れ」を選んで次のステップに踏み出した伸子や真知子は、彼女たちの思いも背負って後の人生を生きていくだろう。実際に女性が男性と肩を並べることができるのはだいぶ先の話だとしても。

終章──出世と恋愛が行き着いた先

青春の前提が崩れた時代

人の生き方はそんなに自由に選べるものではない。

明治大正の青年たちをとらえた立身出世への意欲は、この時代の富国強兵策とも利害が一致するものだった。若者たちが上を目指して勉学に励み、優秀な人材が育てば、それは国力の増強につながる。かくて青年たちは、立身出世思想に懐疑心を抱いたり抵抗したり挫折したりしながら、それでも「成功」を夢見て走り続けた。

一方、女が死んで終わる定番の恋愛小説も、時代を下るにしたがって、男たちに負けていない多様なヒロインを生み出した。彼女らは恋愛に対して前向きだった。

だがしかし、出世も恋愛も、平和という前提がなければ成立しないのである。

昭和戦前期は、その前提が大きく崩れた時代だった。

一九二五年の治安維持法以降、思想統制は年々厳しくなり、他方、特に昭和も一〇年代に入ると、青春小説や恋愛小説の黄金パターンにも一種の形骸化が起こる。

『路傍の石』がたどった道

明治の青春小説が昭和に入ってたどり着いたのは、立身出世を夢見る少年文学だった。

一例が佐藤紅緑《こうろく》『ああ玉杯に花うけて』（一九二八＝昭和三年）である。

主人公は一五歳になる青木千三《せんぞう》。成績は優秀だったが家が貧しくて中学に進学できず、伯父の豆腐屋を手伝っている。物語は千三と浦和中学に通う柳光一の友情を軸に、千三が夜の私塾で学び、二人一緒に旧制一高に進学するまでを描いている。初出誌は「少年倶楽部」。『ああ玉杯に花うけて』は一高の寮歌の歌い出しである。

これはこれで少年たちの心にも響くものがあったとは思うけれど、「一高への進学」が目的化していて、その先はない。要は貧しい少年の刻苦奮闘物語。いよいよこれからが青春だ、というところで物語は終わってしまうのだ。

山本有三『路傍の石』（一九三七＝昭和一二年）の事情はもう少し複雑だ。『ああ玉杯』と同じく、こちらも貧しい少年の刻苦奮闘物語である。

時は日露戦争前後の明治三〇年代。主人公の愛川吾一《あいかわごいち》は、家が貧しく、中学への進学を断念した少年である。高等小学校を二年で中退。一四歳で呉服屋に奉公に入るも、小学校では対等だった奉公先の娘にあしざまにされるのが悔しい。

〈広い東京に行きさえすれば……という考えが、ぐいと、あたまをもたげてきた。母を失って以来、彼はこの気もちが強くなっていた。おやじの借金なんか、耳をそろえて返してやる〉。そう考えた彼は奉公先を飛びだして上京するが……。〈十四の少年は、東京に行きさえすれば、何かよいことがあるように夢想していたけれども、東京はそんな親切なところではない。ごみが一つ、飛んできたほどにも、彼をあしらってはくれなかった〉

三四郎なんかより、ずっと厳しい上京少年の物語である。

それでも紆余曲折の末、吾一は文選工（印刷所で活字を拾う仕事）の見習いとなり、新しい人生を歩み出す。その後、小学校時代の教師・次野先生（文学を志して上京していた）と再会。仕事をしながら、先生が勤める夜学の商業学校に通いはじめる。

文選工としての腕を上げ、好きな女の子もできた。やがて彼は雑誌社勤めを経て、自ら雑誌を創刊しようと決意する。誌名は「成功の友」。次野先生にドイツ式の「立志小説（ビルドゥングスロマン）」の執筆を依頼する。まさに立身出世物語！

ところがここで、問題が起きた。当局の検閲が厳しくなり、連載媒体だった朝日新聞が、この後に続くはずだった第二部の連載中止を決めたのである。

青春小説が終わるとき

その後、『路傍の石』は雑誌「主婦之友」で連載を再開したが、既発表の第一部の改稿中に日中戦争がはじまり（一九三七年七月）、思想統制は厳しさを増す。一九四〇年六月、山本有三は「ペンを折る」という宣言をもって続きの連載を断念した。

そんな経緯があったため、今日、『路傍の石』として書籍化されている物語は、作者の意向により、東京で吾一が次野先生に再会する少年時代までで終わっている（新潮文庫版は参考資料として第一部の最後まで掲載）。

山本有三は戦後も続きを書かなかった。「書く気がしない」と本人は述べているが、時代が変わったのが最大の理由だろう。戦後民主主義下で、明治の立身出世物語を地でゆく吾一のその後を書き続けるのは実際、無理があったように思われる。

『路傍の石』は思想弾圧と検閲の影響をもろに被った作品だった。物語の舞台は明治でも、そこで展開される議論の中身に、当局は関心を持ったのだ。

青春小説の黄金パターンは、ここで事実上、終止符が打たれたといえよう。戦時体制下で、同時代の若者を主役に『三四郎』型の青春を描くのは、すでに不可能だった。なぜって彼らの未来に待っているのは「死」だからだ。

どれほど高い志や夢を持っていても、戦時の若者に期待されるのは兵士としての役割だけだ。青春も恋愛も、平和じゃなければ謳歌できない。

しかし思えば、立身出世という、戦前の青年たちを鼓舞した思想自体が、戦争と親和性が高かったのだ。立身出世とはそもそも、体制に順応し、競争原理を是とし、ホモソーシャルな世界で醸成された国家公認の思想である。「国の役に立つ人になる」と「国のために死ぬ」は紙一重である。国家の方針が変われば、若者たちに対する要求も変わるのだ。

『風立ちぬ』が映す風景

一方、ではその後の恋愛小説はどうなったか。

女性の死で終わる恋愛小説の、昭和一〇年代最大のヒット作は、堀辰雄『風立ちぬ』(一九三八＝昭和一三年)だろう。今日でも純愛小説、難病小説として人気のある作品だ。

『風立ちぬ』は筋らしい筋のない、叙情詩のような作品だ。

〈それらの夏の日々、一面に薄《すすき》の生い茂った草原の中で、お前が立ったまま熱心に絵を描いていると、私はいつもその傍らの一本の白樺の木蔭に身を横たえていたものだった〉

この書き出しからして、すでに叙情的である。

物語は語り手の「私」と、彼が「お前」と呼ぶ婚約者の節子が、八ヶ岳山麓のサナトリウムで暮らした最後の日々を描いている。そこは外界から隔絶された世界であり、たまに訪ねてくる節子の父と医師を除けば、ほぼ二人だけの空間である。

節子は結核である。そして「私」は作家である。しかも節子に〈おれはお前のことを小説に書こうと思うのだよ。それより他のことは今のおれには考えられそうもないのだ〉といっちゃうような無神経な人間である。もちろん彼は自分が無神経とは思っていない。節子が彼を信頼し、彼が節子を深く愛しているのも疑いえない。

だが、この人もまた恋愛小説によく出てくる「向き合わない男」である。

「向き合わない男」のチャンピオンである『金色夜叉』の貫一は宮の言葉に一切耳を傾けなかった。『風立ちぬ』の語り手は貫一とは正反対のタイプだが、節子の言葉を聞こうとはしていない。生身の節子の向こうに、彼は構想している小説の中の少女を見ているからだ。ゆえに〈おれにはどうしても好い結末が思い浮ばないのだ。（略）どうだ、一つお前もそれをおれと一しょに考えてくれないか？〉なんてことがいえるのである。

節子の側に立てば「私はあなたの何なの？　あなたの小説の道具なの？」くらいはいってやってもよかった。枕のひとつでも投げてやればよかったのだ。

しかし節子はどこまでも従順である。小説に書きたいといわれれば〈どうでもお好きなようにお書きなさいな〉。今の生活に満足しているかと問えば〈私が此処《ここ》でもって、こんな

に満足しているのが、あなたにはおわかりにならないの？〉

隔絶された空間に半年以上も二人だけでいて、彼らが一度も衝突せず、節子が一度も感情を爆発させないのは、むしろ異常だ。二人の関係を壊さないために節子がひたすら我慢していたのか、あるいは「もうどうでもいいわ」な気分だったのか。

いずれにしても「私」という一人称で書かれたこの小説で、節子は沈黙を強いられ、「私」の美しい妄想だけが、季節のうつろいの中で叙情的に語られていく。

『風立ちぬ』は堀辰雄自身の体験をもとにした作品で、節子のモデルとなった婚約者の矢野綾子も一九三五年に結核で他界した。また堀辰雄自身も結核だった。よって『風立ちぬ』は死んだ恋人へのレクイエムだとはいえるのだが、恋愛小説史的にいうと、この作品が果たした役割は二つある。ひとつは『不如帰』が提示した「結核のロマン化」がここで完成したこと、もうひとつは「死の美化」である。

戦争と恋愛小説の危うい関係

『風立ちぬ』は一九三六年一二月で幕を閉じる。物語には戦争の影はない。

だが『風立ちぬ』は、戦場でもっともよく読まれた作品だった。学徒兵（学徒出陣によって高校や大学に在籍したまま出征した兵士）の多くが堀辰雄を愛読していたことが、戦没学生の手記などから判明している。

納得のゆく話である。旧制中学や旧制高校に通う知的エリート、青春小説の主人公たる青年たちは、みんな文学かぶれだったし、ロマンチックな恋に憧れていた。そして彼ら学徒兵は「死」に近いところにいた。『風立ちぬ』にはそのすべてが詰まっている。

サナトリウムという俗世界と隔絶された環境で、死と向き合う日々を、「幸福な時間」として描きだす『風立ちぬ』は、現実逃避としても、死を受け入れる精神安定剤としても機能したのではあるまいか。その際、節子が従順なのは重要である。「私はあなたの何なのよ」などと迫るヒロインなど、彼らは見たくなかっただろう。

その伝でいくと、女の死で終わる恋愛小説にもやはり危うさがあったのだ。女性への妄想を育てたという点で。死を美しい物語として消費する感受性を育てたという点で。

最後にもう一冊だけ、昭和一〇年代の恋愛小説を見ておきたい。

『友情』の武者小路実篤による『愛と死』（一九三九＝昭和一四年）だ。

文字通り、これは「愛と死」しか書いていない小説である。

語り手の「僕」こと村岡が二一年も昔の話だと強調しながら語るのは、自身の過去の悲恋である。彼は友人の野々村の妹・夏子と将来を誓い合った仲だった。そんな折り、村岡にヨーロッパ外遊のお呼びがかかる。帰って来たら結婚しようと約束して村岡は旅立ち、二人は熱烈なラブレターを交換し合う。だが、帰国する船の中で、彼は野々村からの電報を受け取るのだ。「夏子、流行性感冒で死す」という内容だった。

あまりにも突然の死。幸せの絶頂から絶望の底に彼は突き落とされる。

〈あわれなあわれな夏子！　どうして死ななければならなかったのだ。あまりにひどすぎる。自分は思い出すまいとすればする程、思い出される。すると可哀そうで可哀そうで仕方がなく、ついむせび泣くのだった〉

一九三七年にはじまった日中戦争が、いよいよ泥沼化していた頃に書かれた作品である。夏子を兵士に置き換えれば、『愛と死』は恋愛小説とはまた違った意味を帯びてくる。新潮文庫版の解説で、文芸評論家の小田切進は、この作品は文学を圧殺する軍国主義の暴力に対する作者の精一杯のレジスタンスだったと述べている。傾聴に値する指摘である。

まあしかし、それでも死ぬのは女なのだ。ここは一応いっておこう。

なーにが「あわれな夏子」よ。殺したのは武者小路、あんたじゃないの！

戦後日本の出世と恋愛

戦後も、立身出世というスローガンは、形を変えて生き残った。ことに一九六〇年代の高度経済成長期は立身出世の再編期だった。成功を求めて受験勉強に励み、起業し、あるいは会社内での昇進を目指して突き進む若者たちが、社会にパワーを与え、産業から芸術まであらゆるジャンルを活性化させ、やがて日本を経済大国に押し上げた。

恋愛をめぐる状況も、戦前の意識をひきずりながら再編された。

愛と性と結婚をワンセットにした恋愛結婚至上主義がいよいよ本格的に始動し、六〇年代半ばには、恋愛結婚の割合が見合い結婚を超えた。

戦前との最大の差は、婦人参政権の実現や憲法・民法の改正で、女性にも立身出世の機会が表向きは与えられたことだろう。が、女性にとってはここからが戦いの本番だった。一九八六年には男女雇用機会均等法が、九九年には男女共同参画社会基本法が施行されたけれども、法律で女性の地位が突然上がるはずもなく、現在も格闘は続いている。

『三四郎』から『伸子』まで、本書で見てきた一二作（関連作品まで入れれば一五作）はいずれもざっと一〇〇年前の青春小説・恋愛小説である。

時代背景が異なる以上、これらを現代の青春や恋愛と同列には語れない。しかし時代は変わっても、人の気持ちはそんなには変わらない。戦後民主主義下で、はたして若者たちのどんな青春や恋愛が描かれたのか。それはまた別の話ということにしておこう。

あとがき

日本の青春小説って、なんかみんな同じだな。ふとそう思ったのは一五年ほど前の話で、以来、折りにふれて講演のネタなどにしてきた。

パワーポイントを使ったイラスト入りのスライドなんかも自作し、「えーっと、日本文学には二種類しかなくてですね。主人公は田舎から上京してきた青年で……」などとやるとそれなりに受け、会場では笑いも起きたので、しめしめと思っていた。

とはいえ「笑いが取れた」なんて悦に入ってる場合じゃないな、いつかちゃんと本の形にしないとな、とも思っていて、そうこうするうちに一五年が経過した。

そんな折り、講談社現代新書から執筆の依頼をいただいた。よし、じゃあ、あれを書こう、と思ってできたのが本書である。

講演のネタにしてきたくらいだから、自分ではいろいろわかっているつもりだった。チョロいとはいわないまでも、少し頑張れば書けると踏んでいた。

とんだ慢心であった。相手は発表直後から読者の心を鷲づかみにし、一〇〇年にわたる文学史の荒波に耐えて生き残った強者ぞろいだ。そう簡単に攻略できるはずもなく、作品の選定から練り直し、何度も軌道修正や路線変更を迫られた。

一九七〇〜八〇年代に青春時代を送った私は、教養主義が辛うじて生きていた時代、中高生の必読図書が残っていた時代の、おそらく最後の世代だろう。

近代文学は近年めっきり読まれなくなった。当然だよねと思う半面、もったいないのも事実である。この種の作品は今般、非常に入手しやすくなったからだ。

文庫は品切れ、目当ての作品は個人全集でしか読めない。そんな暗黒の時代が長く続いたが、今日では古い作品が続々と電子化され、著作権が切れて無料で読める作品も急増した。インターネット上の電子図書館「青空文庫」で公開されているパブリックドメインの作品は約一万七千タイトルにのぼる（二〇二三年三月現在）。

本書で取り上げた主な一二作品も、紙の本オンリーなのは二作だけ。残り一〇作は青空文庫を含めた電子版で読むことができる。電子書籍で批評なんか書けるかい、と前は思っていたのだが、慣れれば快適。本書でも電子書籍をフル活用した。

ギラギラした出世も恋愛も、今日ではあまり流行らなくなった。格差社会のあおりで、自己実現も恋愛も、いまや簡単ではない。それでも「好きなことで身を立てたい」「好きな人の心を射止めたい」と考えるのは人の自然な気持ちであって、それには誰にも蓋ができない。半面、出世に背を向け、恋愛にも振り回されたくない、という人も増えた。どちらの姿勢も尊重しつつ、若者たちを応援するのが大人の役目だろう。

と一応年長者ぶっていってみたが、正直、いくつになっても迷いと無縁な人などいないのだ。だから文学作品は読む人を一喜一憂させるのである。

講談社現代新書のベテラン編集者・岡部ひとみさんが声をかけてくださり、企画が立ち上がって二年。執筆に着手して半年。岡部さんの温かい励ましと的確なアドバイスがなければ、とても書けなかった本だった。記してお礼を申し上げたい。

二〇二三年五月三日

斎藤美奈子

引用テキスト一覧（登場順。★は青空文庫による電子版）

二葉亭四迷『浮雲』新潮文庫（★）
夏目漱石『三四郎』角川文庫クラシックス（★）
森鷗外『青年』新潮文庫（★）
田山花袋『田舎教師』旺文社文庫（★）
武者小路実篤『友情』『お目出たき人』新潮文庫
島崎藤村『桜の実の熟する時』『春』学研プラス（電子版）
細井和喜蔵『奴隷―小説・女工哀史1』『工場―小説・女工哀史2』岩波文庫
徳冨蘆花『不如帰』岩波文庫（★）
尾崎紅葉『金色夜叉』グーテンベルク21（電子版）
橋本治『黄金夜界』中公文庫（電子版）
伊藤左千夫『野菊の墓』河出書房新社（★）
有島武郎『或る女』角川e文庫（電子版）
菊池寛『真珠夫人』文春ウェブ文庫（電子版）
宮本百合子『伸子』新日本出版社（★）
野上弥生子『真知子』新潮文庫（電子版）
佐藤紅緑『ああ玉杯に花うけて』講談社（★）

山本有三『路傍の石』新潮文庫（電子版）
堀辰雄『風立ちぬ』小学館（★）
武者小路実篤『愛と死』新潮文庫

主な参考文献（書籍のみ）

木村直恵『〈青年〉の誕生―明治日本における政治的実践の転換』新曜社、一九九八年
竹内洋『学歴貴族の栄光と挫折』講談社学術文庫、二〇一一年
田中亜以子『男たち／女たちの恋愛―近代日本の「自己」とジェンダー』勁草書房、二〇一九年
橋本治『失われた近代を求めて（下）』朝日選書、二〇一九年
石原千秋編『夏目漱石『三四郎』をどう読むか』河出書房新社、二〇一四年
高井としを『わたしの「女工哀史」』岩波文庫、二〇一五年
スーザン・ソンタグ、富山太佳夫訳『隠喩としての病い』みすず書房、一九八二年
福田眞人『結核の文化史―近代日本における病のイメージ』名古屋大学出版会、一九九五年
北川扶生子『結核がつくる物語―感染と読者の近代』岩波書店、二〇二一年
山田有策『尾崎紅葉の「金色夜叉」』角川ソフィア文庫、二〇一〇年
紅野謙介『検閲と文学―１９２０年代の攻防』河出ブックス、二〇〇九年
城市郎『定本　発禁本―書物とその周辺』平凡社ライブラリー、二〇〇四年

前田愛『近代読者の成立』岩波現代文庫、二〇〇一年
鹿島茂『悪女入門―ファム・ファタル恋愛論』講談社現代新書、二〇〇三年
斎藤美奈子『モダンガール論』文春文庫、二〇〇三年

イラスト／なかがわみさこ

講談社現代新書　2709
出世《しゅっせ》と恋愛《れんあい》　近代文学《きんだいぶんがく》で読《よ》む男《おとこ》と女《おんな》
二〇二三年六月二〇日第一刷発行
著者　斎藤美奈子《さいとうみなこ》
発行者　鈴木章一
発行所　株式会社講談社
東京都文京区音羽二丁目一二―二一　郵便番号一一二―八〇〇一
電話　〇三―五三九五―三五二一　編集（現代新書）
〇三―五三九五―四四一五　販売
〇三―五三九五―三六一五　業務
装幀者　中島英樹／中島デザイン
印刷所　株式会社新藤慶昌堂
製本所　株式会社国宝社
定価はカバーに表示してあります　Printed in Japan

N.D.C. 910.26　266p　18cm
ISBN978-4-06-529357-7

「講談社現代新書」の刊行にあたって

教養は万人が身をもって養い創造すべきものであって、一部の専門家の占有物として、ただ一方的に人々の手もとに配布され伝達されうるものではありません。

しかし、不幸にしてわが国の現状では、教養の重要な養いとなるべき書物は、ほとんど講壇からの天下りや単なる解説に終始し、知識技術を真剣に希求する青少年・学生・一般民衆の根本的な疑問や興味は、けっして十分に答えられ、解きほぐされ、手引きされることがありません。万人の内奥から発した真正の教養への芽ばえが、こうして放置され、むなしく滅びさる運命にゆだねられているのです。

このことは、中・高校だけで教育をおわる人々の成長をはばんでいるだけでなく、大学に進んだり、インテリと目されたりする人々の精神力の健康さえもむしばみ、わが国の文化の実質をまことに脆弱なものにしています。単なる博識以上の根強い思索力・判断力、および確かな技術にささえられた教養を必要とする日本の将来にとって、これは真剣に憂慮されなければならない事態であるといわなければなりません。

わたしたちの「講談社現代新書」は、この事態の克服を意図して計画されたものです。これによってわたしたちは、講壇からの天下りでもなく、単なる解説書でもない、もっぱら万人の魂に生ずる初発的かつ根本的な問題をとらえ、掘り起こし、手引きし、しかも最新の知識への展望を万人に確立させる書物を、新しく世の中に送り出したいと念願しています。

わたしたちは、創業以来民衆を対象とする啓蒙の仕事に専心してきた講談社にとって、これこそもっともふさわしい課題であり、伝統ある出版社としての義務でもあると考えているのです。

一九六四年四月　野間省一

心理・精神医学

331 異常の構造――木村敏
590 家族関係を考える――河合隼雄
725 リーダーシップの心理学――国分康孝
824 森田療法――岩井寛
1011 自己変革の心理学――伊藤順康
1020 アイデンティティの心理学 鑪幹八郎
1044 〈自己発見〉の心理学 国分康孝
1241 心のメッセージを聴く 池見陽
1289 軽症うつ病――笠原嘉
1348 自殺の心理学――高橋祥友
1372 〈むなしさ〉の心理学 諸富祥彦
1376 子どものトラウマ――西澤哲

1465 トランスパーソナル心理学入門――諸富祥彦
1787 人生に意味はあるか 諸富祥彦
1827 他人を見下す若者たち 速水敏彦
1922 発達障害の子どもたち――杉山登志郎
1962 親子という病――香山リカ
1984 いじめの構造――内藤朝雄
2008 関係する女 所有する男――斎藤環
2030 がんを生きる――佐々木常雄
2044 母親はなぜ生きづらいか――香山リカ
2062 人間関係のレッスン 向後善之
2076 子ども虐待――西澤哲
2085 言葉と脳と心――山鳥重
2105 はじめての認知療法――大野裕

2116 発達障害のいま――杉山登志郎
2119 動きが心をつくる――春木豊
2143 アサーション入門――平木典子
2180 パーソナリティ障害とは何か――牛島定信
2231 精神医療ダークサイド 佐藤光展
2344 ヒトの本性――川合伸幸
2347 信頼学の教室――中谷内一也
2349 「脳疲労」社会――徳永雄一郎
2385 はじめての森田療法 北西憲二
2415 新版 うつ病をなおす 野村総一郎
2444 怒りを鎮める うまく謝る 川合伸幸

文学

日本語・日本文化

P